संगतराश

(कहानी-संग्रह)

संगतराश

नीतू मुकुल

वाणी प्रकाशन ग्रुप
भारतीय ज्ञानपीठ

वाणी प्रकाशन : भारतीय ज्ञानपीठ की पुस्तकों के एकमात्र प्रकाशक एवं वितरक

पेपरबैक पहला संस्करण : 2021
पेपरबैक दूसरा संस्करण : 2024

लोकोदय ग्रन्थमाला : ग्रन्थांक 1484

प्रकाशक
वाणी प्रकाशन ग्रुप
4695, 21-ए, दरियागंज, नयी दिल्ली-110 002
फ़ोन : 011-23273167, 23275710
ईमेल : sales@vaniprakashan.in

ISBN : 978-93-5775-859-8
978-93-9065988-3

संगतराश
(कहानी-संग्रह)
नीतू मुकुल

SANGATRASH
(Collection of Stories)
by Neetu Mukul

मुद्रक : आर. टेक ऑफ़सेट प्रिंटर्स, दिल्ली-110 032

आवरण चित्र : संदीप राशिनकर

Price : INR. 225

मेरे दोनों बेटे विठ्ठल व माही को।
जिन्होंने अपने समय में से इस काम को
करने का समय चुरा लेने दिया। उस
समय की भरपायी की मुकुल ने।

भूमिका

सुश्री नीतू मुकुल की कहानियाँ पढ़ने का सुयोग प्राप्त हुआ। सभी कहानियाँ आधुनिक युग-बोध की कहानी कहती हैं। साथ ही पीढ़ियों के अंतराल को भी रेखांकित करतीं हैं। दा पत्य में दरार आज का ज्वलंत विषय है। उसका कारण है आज की नारी तो स्वतन्त्रचेता है परन्तु पुरुष अभी भी मध्ययुगीन बना हुआ है, इसलिए तालमेल नही हो पाता। सामंजस्य के अभाव में परिवार टूटने लगते है और इस अलगाव का अभिशाप झेलते हैं बच्चे।

आधुनिकता का दंभ भरने वालों के मुखौटे भी समय आते ही उतर जाते हैं। वे अपने जवान होते बच्चों की मानसिकता को नही समझ पाते। खासकर कि बेटियों के प्रति उनका रुख कड़ा होता है। लड़कियों का खुलापन उन्हें चरित्रहीनता लगता है और इस समस्या का एकमात्र समाधान शादी ही नजर आता है। ऐसी अनचाही अनमेल शादियाँ फिर और समस्याओं को जन्म देतीं हैं।

इस पुस्तक में एक नया शब्द सीखा ''हुक-अप'', यह आधुनिक समाज की देन है।

—पद्मश्री मालती जोशी
वरिष्ठ साहित्यकार

अनुक्रम

संगतराश

हम खुद ही अपने राम हैं...।

"जब से स यताएँ हैं, तब से प्रेम है, प्रेम की कथाएँ हर युग की कोख में पली, बढ़ी है, प्रेम आ यान सिर्फ़ सुखांत या दुखांत नहीं रहा, उनका एक रूप समझौता भी रहा है। युग-युगों से समझौते के आँकड़े सिर्फ़ प्रेमिका की झोली में आए हैं, तभी उस प्रेम का अंत सुखांत रहा, उनका प्यार कोई समर्पण वाला प्यार न था, एक आकाश तो दूसरा पाताल, वह नदी के दो किनारों की तरह थे, जब अलग-अलग चलते तो साथ रहते। कहते हैं नदी अगर शॉर्टकट ले ले तो संसार में प्रलय आ जाएगी। प्रभु का संसार तहस-नहस हो जाएगा, ऐसा ही इनका प्यार था। दूर होते तो प्यार से भरे होते, पास आते तो खाली। इनका प्यार रेल की पटरियों के समान था फिर भी वो हर युग में मिले। रूप-रुक्मणी का साथ सात जन्मों का नहीं, यह तो युग युगांतर का साथ था। राजा राम पुरुषोत्तम के राज्य में जन्मे धोबी-धोबिन बन फिर द्वापर में जन्मे कृष्ण के सखा और राधा की सखी के रूप में। इस युग में प्यार सफल होता कि कृष्ण मथुरा छोड़ द्वारका चले गए साथ में ले गए किसना के किशन को, ये जन्म भी व्यर्थ चला गया। अपने प्रेम को सफल बनाने को कलयुग में फिर जन्मे, राघव और जानकी बनके..........."

जानकी ने जन्म लिया वंशीधर के घर में, जो उनकी पहली संतान थी। मध्यमवर्गीय घर में जन्मी जानकी का जीवन किसी युद्ध की चुनौती से कमतर नहीं था.....। दूसरी तरफ वो जन्मा एक अमीर और संभ्रांत परिवार में, जो उनका इकलौता वारिस था, तीन बहनों का लाडला भाई नाम राघव, जैसा नाम वैसा रूप। फिर शुरू हुई कभी न खत्म होने वाली एक प्रेम कहानी, जिसमें प्यार के सिवाय सब कुछ था। रूठना, मनाना, वादा करना, वादे को तोड़ना, कसमें खाना, अब कभी वादा ना तोड़ेंगे फिर वही वादाखिलाफी। उनका प्यार आसपास जहाँ में कस्तूरी के समान अपनी महक बिखेर देता।

"हरामखोर.....! कहाँ मर गई, सिल पर अध-पिसा मसाला पड़ा है, आटा थाली में खुला पड़ा है, करमजली.... एक घंटे पहले कहा था, मसाला पीस दे वहाँ

छत पर खड़ी, किस यार..! से आँख मटक्का कर रही है। जब तक खानदान की नाक बाँसे से ना कटवा देगी यह लड़की नहीं सुधरेगी..। क्यों जानकी... ? कितनी देर पहले कहे थे... ?''

अचानक गालियों की बौछार सुन वो पीछे हट गई। झट से सिल पर मसाला पीसने बैठ गई। पीसते हुए सर झुकाए बोली ''अ मा हमारी सहेलियाँ जन्माष्टमी की झाँकी देखने जा रही थीं, उन्हीं को देख रही थी।'' अ मा एक हाथ से पल्लू सर पर खींचते हुए. थोड़ा सा बाउंड्री से झाँकते हुए बोली..

''झूठी कहीं की, वह सामने मकान में जो लड़का पढ़ने आया है उसे देख रही थी। वो देख, वह अभी भी ऊपर ही ताक रहा है।''

ये उन दिनों की बात है जब हम इक्कीसवीं सदी में प्रवेश कर चुके थे। लेकिन उन्नीसवीं सदी से बाहर नहीं आना चाहते थे, कहने को विचार अभी भी पुराने थे, रूढ़िवादिता की जकड़न में फंसे हुए, हम दूसरे के लिए मॉडर्न थे पर जब बात अपने घर की हो तो परंपरावादी बन जाते थे। सुना है शुक्ला जी के लड़के ने गुप्ता की लड़की से शादी कर ली और गुप्ता जी ने लड़की को घर से निकाल दिया। बड़ा गलत किया गुप्ता जी ने। अरे भाई जमाना बदल रहा है हमें भी अपनी सोच बदलना है, पर जब बात अपने घर की हो तो हाय तौबा मचना आम बात होती है। कहने को लड़के-लड़की में भेदभाव खत्म हो गया, औरत मर्द सब बराबर का अधिकार पा चुके थे, बहरहाल औरतों के पीछे पुरुष वर्चस्व अभी भी कायम था वह अपना कोई भी फैसला बिना पुरुष के अधिकारों के शामिल करे बगैर नहीं ले सकती थी, उन्हें क्या खाना, क्या पहनना, यहाँ तक कि क्या पढ़ना है उनके हर फैसले के पीछे पुरुष होता था, कभी पिता, कभी भाई या पति के रूप में कोई भी हो। विचार सबके एक समान थे, शायद यही वजह थी उन दिनों झूठ बोलना लड़कियों का शगल बन गया था। वह अपनी सारी इच्छाएँ या तो झूठ के सहारे पूरी करती थीं या यूँ कहें सब से छुपा कर, कहने को तो घर पर म मी, दादी, नानी का राज चलता था लेकिन मजाल है इनकी सत्ता में किसी पुरुष का दखल ना हो। इनके हर छोटे-बड़े फैसले में पुरुष का वर्चस्व कायम था। शायद यही वजह थी ये औरतें अपनी आने वाली पीढ़ी को अपनी ही तरह ढालना चाहती थीं, जिससे पुरुष वर्चस्व कायम रह सके। उनके लिए लड़कियों का पढ़ना जरूरी न था, हाँ......उन्हें सिलाई बुनाई, खाना बनाना जरूर आना चाहिए था। आखिर यही सब काम तो उन्हें करने हैं। हाँ....कुछ माँएँ चाहती थी कि उनकी बेटी पढ़ लिखकर आत्म निर्भर बने पर उन पर शासन किसी पुरुष का हो, हर समय पुरुष नाम के हौवे का डर दिखाया जाता था। बात-बात पर डराया जाता, अगर फलाँ काम न सीखोगी तो पति और सास ताने मारेंगे। फिलहाल वह ताने जब मारेंगे तब मारेंगे, लेकिन माँ, चाची तो सुना सुना

अभी मार डालेंगीं।

यह उन दिनों की बात है जब घर में मिक्सी तो होती थी पर वह तीज त्यौहार ही चलाई जाती थी, बाकी हाथ से मसाला पीसो, गैस थी पर चूल्हे पर रोटी सेंको, गैस की बनी रोटी से बाबूजी को गैस हो जाती थी। फ्रिज है पर पानी मटके का ही पीना चाहिए, फ्रिज का पानी पीने से शरीर में बादी हो जाती है। ऐसा कहना होता था दादी या नानी का। क्यों न हो भाई ....! अभी-अभी इक्कीसवीं सदी में प्रवेश जो किया था। इस पीढ़ी के लिए सारी सुख सुविधाएँ मुहैया कराई जाती, हाँ..., लेकिन पूरी कोशिश रहती कि कहीं इसकी लत उन्हें न लग जाए। कहने को तो चाची बड़े पापा से बात करने लगी थी पर दरवाजे की ओट से। बहू ससुर से मनुहार तो करने लगी थी, पर उस मनुहार में एक अदब आज भी शामिल था।

जानकी कहने को तो इक्कीसवीं सदी की लड़की थी, पर हर समय अ मा पापा की रोक-टोक से परेशान रहती थी। बेटी के ऊपर दो जन्मे लड़के थे इसलिए वंशीधर बेटी को बहुत भाग्यवान मानते थे, वह अक्सर उनकी किराने की दुकान पर बैठी रहती थी। वह उसे सारा हिसाब समय समय पर समझाते रहते थे। कई बार स्कूल की छुट्टी होने पर उसे सारा दिन गद्दी पर बैठा देते थे। वह पापा की रियासत को बाखूबी सँभालती थी। उन्हें अपनी बेटी पर नाज़ होता था। जहाँ एक ओर अ मा घड़ी घड़ी ताने मारती, गालियाँ देती, वहीं पापा उसे हमेशा बेटा कह कर बुलाते थे। वो अ मा को देख मन ही मन कुढ़ती। किसी ने सही कहा है औरत ही औरत की दुश्मन होती है। इस साल उसने दसवीं की परीक्षा दी थी। हाल ही में उसने यौवन की दहलीज पर कदम रखा था। मन हमेशा चंचल हवा सा बहता रहता। कभी मन मयूरी बन नाचने को करता तो कभी सारी दुनिया प्यार भरे सुनहरे रंग में रंग जाती, मन कि चदरिया कभी सपनों में अपने राजकुमार संग दूर गगन में उड़ जाती, तो कभी वही चदरिया आंचल बन बदन से लिपट जाती, नए नए अकुर मन में फूट रहे थे। जून के कटे खेत खलियान भी मन में नई उमंग जगा देते। चारों तरफ फिज़ा में प्यार के कण फैले नज़र आते थे। यह उम्र ऐसी ही होती है। कमब त दिल कब मचल जाए पता नही चलता। हर अगले पल आनेवाले का इंतजार रहता। मन में हर समय खुशी के बादल छाए रहते। हर बेवजह चीज में उसे खुशी नजर आ जाती।

ऐसे ही एक दिन शाम चार बजे वो दुकान पर बैठी थी। पापा किसी काम से कहीं बाहर गए हुए थे। वैसे तो दिसंबर का महीना था पर अचानक बादल घिर आये और बिन बादल बरसात हो गई। वह बैठी बैठी अपने दुपट्टे का कोना पकड़ अपनी उँगली में लपेटती फिर खोलती, बड़ी देर से यही प्रक्रिया को दोहरा रही थी। तभी एक मीठी सी आवाज से उसकी तंद्रा भंग हो गई।

''सुनिए..! क्या मैं आपकी दुकान के अंदर आ सकता हूँ... ?''

"बारिश तेज हो गई है आ जाओ..."

सर उठा कर देखा तो बीस साल का युवक खड़ा था। कोई प्रतिक्रिया दिए बगैर वह अंदर आ गया। जेब से रुमाल निकाल कर अपने हाथ मुँह पोंछने लगा। बालों को झटकते समय देखा, वह लड़की उसे एकटक निहार रही थी।

"आपकी सगाई हो गई क्या... ?"

चेहरे पर सामान्य से भाव लिए बोला। उसी सादगी से वह भी बोली..

"नहीं तो...., क्यों पूछा... ?" वह शरमा कर बोली।

"बस ऐसे ही..." लड़का बोला।

बारिश बंद हो गई। वह चला गया, पर छोड़ गया जानकी के दिल में एक मीठी सी गुदगुदी। उस एक वाक्य से जानकी को उससे प्यार हो गया। उस दिन से हर पल उसी के बारे में सोचती रहती, रह रह कर एक ही याल आता "क्या आपकी सगाई हो गई?" उसके पूछने की अदा पर उसे प्यार हो गया। जानकी को अपनी बैगनी हथेली पर काँच के कंचे सजाने का मन हो आया। उस दिन से वह पल उसकी जिंदगी का सबसे खूबसूरत पल बन गया। उस दिन से वो दरख़्त की बुलंदियों तक पहुँचने का वाब सजाने लगी। पता नहीं कभी मिलेंगे या नहीं या सिर्फ़ उसने ऐसे ही पूछ लिया। यह सब बातें उसके जेहन में भी न आतीं। बस हर समय फूल बन बरसता रहता उसका सवाल, उसके मन में राहत की खुशबू समा जाती। एक सुकून तारी हो गया उस पर। हाँ.. एक बात और अ मा की गालियाँ उसे अब इतनी बुरी न लगती, जब कभी उदास होती, उसी से अकेले में मन ही मन बातें भी करती। उसे वह पल शिद्दत से याद आने लगते।

समय अपनी गति से चल रहा था। आज उसने बारहवीं पास कर ली थी। घर में खुशी का माहौल था। अ मा सबसे सीना तान बोल रहीं थीं, देखो हम भले ही न पढ़ें हों पर अपनी मोड़ी को पढ़ा रहे हैं। फर्स्ट क्लास पास हो गई है। अब आगे की पढ़ाई भी करा देंगे। दो चार साल में शादी। सामने मिश्राइन चाची जी के चबूतरे पर सारी औरतों का जमघट लगा था। अ मा बोली कि हम तो अपनी मोड़ी से घर का काम भी न करात है, बस पढ़ो..!, यह सुन जानकी मन ही मन हँस पड़ी अभी एक महीने पहले की बात है जब वह साइंस के पेपर में दो दिन तक ठीक से न सो पायी थी और सुबह देर से उठने के कारण बिना घर के काम में हाथ बटाए स्कूल चली गई। तो अ मा ने कितनी गालियाँ दी, हरामखोर... नासपीटी.... न जाने नई-नई गालियाँ अ मा कहाँ से लाती थी। स्कूल से लौटते ही बाल घसीट दिए थे। बेचारी रोती रही। सारा दिन खाना भी न खाया पर अ मा एक बार पूंछने न आयी। भूखे रहते हुए उसे रोते रोते उसे बुखार आ गया। बस चौके में बैठी चिल्लाती रहीं कौन्हो बुखार-उखार नहीं है सब काम ना करन के बहाने हैं। हाँ पापा जरूर दो बार मनाने

आए। बेटा कहकर सीने से लगा लिए फिर बोले खा ले बेटा खाने से कौन सा गुस्सा। दूसरा दिन लग गया था कब तक ना खाती। आखिर रोते रोते खा लिया।

जानकी कभी-कभी सोचती कि ये मेरी सगी अ मा हैं या सौतेली, कभी मुझे प्यार न करती। बहरहाल ऐसा नहीं था, कभी कभी अ मा इतना लाड़ दिखाती, जब कभी वो सज धज कर जाती तो अ मा बल्लैयाँ लेती, मेरी मोड़ी कितनी सुंदर है, जिस घर जाएगी वो बड़े किस्मत वाले होंगे। पर ये प्यार ज्यादा दिन न टिकता, फिर कुछ ऐसा घट जाता कि अ मा काली का रूप ले लेती। एक बार काफी दिन कालेज न जाने के कारण, एक दिन उसके साथ पढ़ने वाले लड़के सतीश और राहुल घर पर उसका हाल पूछने आ गए। बस फिर क्या था अ मा का काली और गाली पुराण चालू हो गया। सारे मोहल्ले के सामने उनकी नाक जो कट गई थी। अब तो इनके यार घर तक आ गए। हाथ से सर को पीटते हुये बोली, पढ़ने थोड़े जाती है महरानी, यही सब करती है। जबकि बेचारी ने दो मिनट बात भी ना की, कल आती हूँ कॉलेज, कह कर अंदर तक न बुलाया और वापस भेज दिया।

दूसरे दिन कॉलेज को दो चोटी बनाकर तैयार हुई। सिंपल सा कुर्ता पहना और हमेशा की तरह चल दी। घर से कुछ ही दूरी पर उसकी फ्रेंड प्रीति रहती थी। वहाँ पहुँचकर सारी फ्रेंड्स अक्सर अपनी ड्रेस चेंज करती, मेकअप करती, फिर कॉलेज जाती। जानकी भी लगभग रोज ही वहीं पहुँचकर सूट उतार कर जींस पहनती, कभी जीन्स तो कभी स्कर्ट पहन मेकअप करके कॉलेज पहुँचती। उसका यह रूप उसके घर वालों को पता नहीं था। मैचिंग एरिंग, चूड़ी, बिंदी सब उसके बैग में होता। उसका बैग अच्छा खासा मेकअप बॉक्स बना रहता।

आज सतीश का बर्थडे था। उसने पार्टी प्लान की थी। सतीश उसका अच्छा दोस्त था। उसका दस लोगों का ग्रुप था। जिसमें पाँच लड़के और पाँच लड़कियाँ थी। सब आपस में खूब मस्ती करते थे। लेकिन वह सब एक दोस्त से ज्यादा कुछ नहीं थे। उस दिन जानकी ने रेड शोर्ट ड्रेस पहनी, खुले बाल रखे, कानों में बड़े-बड़े रिंग्स, होठों पर रेड लिपस्टिक, आँखों में काजल, खूब सजधज कर तैयार हुई। यह जगह उसके कस्बे से कोई तीस किलोमीटर दूर थी। बहुत ही सुंदर नजारा था। दिसंबर का महीना था। ठंड अपने पैर पसार चुकी थी। जानकी को ठंड लगने लगी तो उसने सतीश की जैकेट पहन ली। सब एक दूसरे से सटे बैठे पार्टी एन्जॉय कर रहे थे। पार्टी बस खत्म होने को थी, शायद चाँद ने अपनी दिशा बदल दी थी ढलती शाम में सूरज अपने पूरे रौ में आ गया था और इंद्रदेव ने अपनी आखरी बाजी चल दी। सामने से पापा अपने दोस्तों के साथ आते दिखे। पापा को देख लगा, उसे हे भगवान धरती फट जाए और मैं उसमें सीता की तरह समा जाऊँ क्योंकि मैं सत्य हूँ यह समझाना पापा को असंभव था और हर युग में सीता को अपनी पवित्रता की

परीक्षा क्यों देनी पड़ती है? मेरा मन तो निर्मल जल के समान साफ है लेकिन पापा क्या समझेंगे, कभी नहीं है...। एक भी लांछन सिद्ध होगा नही, अग्नि में जानकी सी दहो तो सही, लेकिन ये सब बातें किताबो में अच्छी लगती, वर्तमान के धरातल पर फिट न हो पाती। हे धरती माँ तुम क्यों फट नहीं जाती... तभी झन्नाटेदार चाँटा उसके गाल पर पड़ा। पापा ने उसका हाथ घसीटा और बोले..

''तो पढ़ाई के नाम पर यह सब रासलीला चल रही थी, तेरी माँ सही थी, मैं ही पागल था, जो तुझे पढ़ाने की जिद कर बैठा।''

रास्ते पर पापा मौन धारण किये रहे, बस आँखों में आँसू आ गए। घर पहुँचने पर अ मा उसे, इस रूप में देख कर भौचक्की हो गई। कुछ कहने के लिए मुँह खोला ही था पापा चिल्लाये,

''आज तू अपना मुँह बंद रख मैं सुबह बात करूँगा अभी मैं बहुत गुस्से में हूँ कहीं उल्टा सीधा ना हो जाए।''

वह रात कभी न खत्म होने वाली रात हो गई। जानकी बेहद दुखी थी। इससे पहले भी कई बार घर से पैसा चोरी करके अपने सामान लाती थी। अ मा ने उसे कई बार चोरी करते पकड़ा भी था। कितनी ही बार अ मा ने उसे घर के बाहर सजे संवरे देखा था। पर अ मा गालियाँ बक कर या क़भी-कभी पिटाई कर देती थी, भड़ास निकाल लेतीं, लेकिन आज जानकी बहुत दुखी थी क्योंकि पापा को बहुत प्यार करती थी और उसकी वजह से पापा दुखी थे। सुबह पापा कमरे में आए तो रोते-रोते बोली,

''पापा सॉरी आगे से ऐसा नहीं करूँगी।''

''तुझे शर्म नहीं आई इस तरह की हरकत करते।''

''पापा मैंने गलती की है पर ऐसा कोई काम नहीं किया जिसके कारण मैं आपसे नजरें ना मिला सकूँ।''

अ मा बोली...''कैसी कैची सी कतर कतर कैसे जवान चला रही है।''

''सुनो जी...मैंने तुमसे पहले ही कहा था इस लड़की के लक्षन ठीक नहीं है। मैंने तो कई बार इसके पीछे पीछे लड़कों को जाते देखा है।''

''अ मा...वो पीछे-पीछे आते तो मैं क्या करूँ? मैं थोड़े ही कहती हूँ कि मेरे पीछे आओ।

''चुप कर...'' अ मा मेघ समान गरजी।

''तेरा इशारा न मिले, मजाल जो कोई नजर उठा कर देख ले।''

अ मा पापा से बोली,

''सुनो अब बातें बढ़ाने से कोई फायदा नही फटाफट लड़का देखो, बदनामी हो, कहीं भाग जाए, इससे पहले इसकी शादी कर दो।'' और उसके भाग्य का

फैसला हो गया। उस दिन से बाद कालेज बंद। मामा के दिए दो चार रिश्ते जहाँ बातचीत पहले ही चल रही थी, पापा ने तेजी दिखाना शुरू कर दिया। माँ सारे दिन भगवान के सामने रोती रहती। घर में मसान सा सन्नाटा पसरा रहता। ऐसा लग रहा था जैसे घर में कोई मर गया हो और उसकी तेहरवीं की तैयारी हो रही हो। अकाल मौत थी, सो शमशान के सारे भूत-प्रेत उसके घर में पसरे थे। कई ह तों अपने कमरे में बंद रही। बस खाना सरका दिया जाता। असहाय सी हो गयी थी। रह रह कर वह इन सब की उदासी का कारण खुद को मानती। सारी रात अपने उस राजकुमार से बातें करती रहती। काश तुम आ जाओ कहीं से तो तुमसे शादी कर लूँ। इस घर को छोड़ दूँ, अब और इस घर में नहीं रहा जाता। बार बार जब अ मा गाली देती है तो बहुत बुरा लगता है। तभी बाहर से आवाज आई। अरे बैठी होगी जैसे 'खसम' मर गया होगा। सुनते ही जानकी फफक पड़ी ...। जितने प्यार से वो उस दिन उससे बोला तो ऐसे जानकी से कभी कोई नहीं बोला था। शायद यही वजह थी वह सपनों में जीने लगी थी। धीरे-धीरे घर का माहौल सामान्य हो रहा था। एक दिन रात के खाने के समय अ मा प्यार से बोली जानकी बिटिया...। इतने दिनों बाद अ मा का प्यार से बोलना जानकी को बहुत कुछ दे गया। बिटिया तु हारे पापा ने लड़का देखा है। डॉक्टर है, तीन बहनों का बड़ा भाई है। फिर कुछ झिझकते हुए बोली, उसकी बहन जो जन्म से अपाहिज है, बस उसकी सेवा तु हे करनी पड़ेगी। क्योंकि बिस्तर पर लेटी रहती है। उसके हाथ पैर काम नहीं करते हैं। उसका सारा काम उसकी माँ करती है। अब हो सकता है तु हें करना पड़े। उसके पापा कुछ साल पहले एक हादसे में शिकार हो गए थे। इसलिए घर की सारी जि मेदारी लड़के पर है। माँ की बात सुनकर ऐसा लगा जैसे किसी ने गर्म तवे पर पानी डाल दिया हो और आँसू भाप के रूप में बाहर बह निकले। आँसू को रोकने का असफल प्रयास करते हुए बोली...

"पापा मैं अभी शादी नहीं करना चाहती। मैं सच कह रही हूँ। मेरी कोई गलत मंशा नहीं थी।" बेटा सच का भले ही कोई मकसद ना हो पर छूठ का मकसद जरूर होता है जो गलत है। मेरी मर्जी यही है कि तेरी शादी कर दी जाए। पापा ने हमेशा अपनी मर्जी चलाई है। उसकी मर्जी की किसे पड़ी थी। वह आज अपनी बेटी के झूठ से दुखी थे। विडंबना ही थी कि जब उसने साइंस पढ़ना चाहा तो पापा को लड़की का साइंस पढ़ना अच्छा न लगा क्योंकि उसे लड़कों के साथ ट्यूशन पढ़ने जाना होता। जब अपनी पसंद के कपड़े पहनना चाहे तो हमारी पर पराएँ और संस्कृति आड़े आ गई। दुकान का हिसाब किताब अच्छे से जानती थी लेकिन दुकान थोड़े सँभालेगी और आज झूठ बोला तो शादी। खैर...! दुल्हन बनी आईने में खुद को निहारती सोच रही थी बस इस घर में एक आईना ही था जो हर समय उसके साथ था। चाँद की रोशनी पत्तों से छन छन कर उसकी चाँदनी चमक किसी जादू सी हर शह पर बिखेरती जा रही थी।

उसका नया घर उस रोशनी में दुल्हन समान लग रहा था।

कहने को तो यह भी हर रोज की तरह दिन था। वही शाम, वही रात और रोज की तरह सुबह थी। लेकिन आज चमकीली नई ऊर्जा और आशा से लबालब भरी हुई थी। वह दिन जानकी के लिए बाकियों से अलहदा था। सुनहरी आभा में लिपटी यह रात उसके लिए औरों से खास थी। राघव भी जानकी को भले लगे। आज उसे ऐसा प्रतीत हो रहा था जब अ मा की गालियों से तंग आकर भगवान से अपने हाथ फैला कर कहती, हे भगवान मेरी झोली में धूप का सुनहरा टुकड़ा डाल दो। आज भगवान ने राघव के रूप में वह धूप का सुनहरा टुकड़ा डाल दिया। वैशाख से तपते मन में मानसून की बारिश हो गई थी। मन में खुशियाँ कहीं कदमताल करने को अपने छोटे छोटे पग उठा रही थी। दिल में आशंकाओं, शिकायतों के बादल की जगह प्यार के नए नए किल्ले फूटने लगे थे। मन में आकांक्षाओं के बादल हिलोरे मार रहे थे। धीरे-धीरे उसके सपनों का राजकुमार पहले ह तों, फिर महीनों, साल और फिर पहाड़ों में फैले बादलों की धुंध की तरह खोने लगा। सुबह से शाम होती, शाम से रात होती, जिंदगी आगे बढ़ने लगी। वह मशीन की तरह काम में लगी रहती। क्योंकि उसे कभी आदर्श बहू बेटी के खाँचे से बाहर आने न दिया जाता था, लेकिन वह बार-बार इस खाँचे से बाहर आने की कोशिश करती। बात बात पर प्रतिकार करती क्योंकि कहने की जरूरत नहीं है। सुबह से शाम घर में एक काम में खटती रहती। उस पर अपाहिज की देखभाल, सास को बस कभी कीर्तन के नाम पर कभी भगवान के नाम पर और कुछ नही तो रिश्ते नाते निभाने के नाम पर अपनी सारी जि मेदारी जानकी पर डालकर चैन की बंसी बजा रही थी। आखिर कमाऊ बेटे की माँ थी सो बेटे का विवाह पढ़ी-लिखी लड़की से कर दिया। अब उनकी जिंदगी चैन से कट रही थी। कई बार कोशिश करनी चाही राघव से कहने की कि वह आगे पढ़ना चाहती है नौकरी करना चाहती है, यह काम उससे अब और नहीं होगा लेकिन नतीजा क्या, वही तर्क वितर्क, उसका दायित्व यही है। सदियों से यही हो रहा है। बहू का कर्तव्य है यह सब, यही सब समझाकर उसे चुप कर दिया जाता। लेकिन बेटे का क्या... ? यहाँ माँ का कोसना न था पर उसका साम्राज्य भी ना था। कहने को रानी थी पर नौकरानी से बदतर जिंदगी हो गई थी। हंसना, गाना निश्चलता, अल्हड़पन जिसका अ यास भी ना था उसे। कैसे होता... ? अ मा ने ये सब उसके बचपने में ही दफ़न कर दिया था। बस रोना, चिंता, दुःख और घुटना यह कटु सत्य है और स्त्री की नियति नहीं तो क्या है... ? लड़की का जीवन क्या सिर्फ़ समझौते का जीवन होता है, क्या सिर्फ़ अच्छा खाना, पहनना, जेवर पैसा बस यही स्त्री का अधिकार है. ? उसकी सोच और विचार की कोई कीमत नहीं है। पहले पितृ सत्ता फिर पति सत्ता, उसका जीवन पुरुष साम्राज्य के आसपास घूमता नजर आता है।

बरक्स स्त्री का अपना अस्तित्व है या नहीं। क्यों उसे शुचिता के नाम पर बार-बार अग्नि परीक्षा और परित्याग की पीड़ा से गुजरना पड़ता? वह कब तक अपना धैर्य बनाए रखती? कल शाम गुस्से में बोले राघव के वो वाक्य बार-बार दिमाग में कौंध जाते। ऐसा क्या गजब कर दिया उसने दो घंटे के लिए मार्केट क्या चली गयी, घर में बवाल खड़ा हो गया। रह रह कर आँख भर आती। माँ (सास) को किसी काम से बाहर जाना हो तो वो जा सकतीं है उनकी बेटी भी जा सकती है और बेटा बेचारा.... फुर्सत कहाँ ....? बस एक वही निठल्ली बैठी है। जो तभी घर के बाहर जा सकती थी जब घरवालों का मन करेगा। जो कभी न करता था। भले जानकी का धैर्य पिता के घर न टूटा पर अब इस धैर्य को टूटना ही था। अब इक्कीसवीं सदी में भी न टूटा, तो अपनी आने वाली पीढ़ी को क्या दे कर जायेगी। उनकी हिकारत भरी नजरें उसे अब चुभने लगीं थीं। इस सावन अ मा ने रामचरितमानस का पाठ रखा था। बहुत बुलाने पर दो दिन की अनुमति मिली। अ मा से तो ज्यादा बात नहीं करती थी पर भाई उस दिन धीरे से दबी आवाज में बोला क्या तुझे घर की याद नहीं आती है? सच पूछो तो नहीं आती है। यहाँ पर भी घर में थी वहाँ भी घर में ही हूँ, यहाँ मर्द के बिना बाहर नहीं जा सकती थी वहाँ भी नहीं, यहाँ मुझे अ मा के हिसाब से चलना होता था, वहाँ सास के सारे कायदे कानून मानने होते हैं, यहाँ पापा की सुनती थी वहाँ पति की सुनती हूँ। हाँ कुछ है जो यहाँ से अलग है। जो मुझे सुकून और जीने का हौसला देता है। यहाँ पापा के साथ जब कभी बाहर डिनर पर जाते थे तो पापा की पसंद का ही खाते थे। अब मैं आर्डर देती हूँ। हाँ भाई कभी-कभी सब्जी लेने भी जा चली जाती हूँ, राशन क्या लाना है सब मैं देखती हूँ, और हाँ भाई सजने सँवरने और पहनने की आजादी भी है मुझे, अपने हिसाब से सोने जगने की भी आजादी है, वह दिगर बात है कि मैं सब का काम ध्यान में रखकर ही उठती हूँ। वही रात के अँधेरे में झींगुरों की तेज आवाज, पेड़ों के पत्तों की सांयें-सांयें, बाँस के झुरमुट से आती हवा सब कुछ वही है, बस किरदार बदल गए।

उसके घर के पास काली चमकीली सड़क के उस पार एक मंदिर था। उसने देखा वहाँ कुछ बच्चे खेल रहे हैं। कोतुहलवश पता नहीं क्यों उसके कदम उस ओर बढ़ गए। वहाँ बालू के ढेर में कुछ बच्चियाँ खेल रही थीं। एक बच्ची अपने पैरों को फैला कर उस पर रेत का ढेर इकट्ठा कर रही थी। अपने छोटे छोटे हाथों से उस रेत के ढेर को पीट-पीटकर उसकी सतह को चिकना करती फिर झटके से पैर बाहर खींच लेती और वह रेत का घर भरभरा कर गिर जाता। जब कई बार नाकाम रही तो रोने लगी। पास खेल रही उसकी बड़ी बहन कहती जो उम्र में उससे महज तीन-चार साल ही बड़ी होगी, देख छुटकी मैं कैसे बनाती हूँ। पहले घर की दीवारों को कसकस कर ठोंक कर स त करो, फिर धीरे से पैर को वापस बाहर खींचो और यह

देखो कितना सुंदर है। जानकी के चेहरे में चमक आ गई और मन ही मन निश्चय किया और घर चली गयी। राघव से बोली...,

"सुनो मैं चाहती हूँ क्यूँ न अपना बीए कंप्लीट कर लूँ? सारा दिन घर में ऊब जाती हूँ।" राघव तुरंत तुनक कर बोला...,

"घर के काम का क्या होगा... ?"

"मैं घर का काम भी देख लूँगी।"

राघव बोला, "ऐसा संभव नहीं है तुम सारा दिन कॉलेज में रहोगी, तो घर अकेली माँ कैसे सँभालेगी? रहने दो क्यूँ बेकार में परेशान होना, आखिर किस चीज की कमी है तु हें, मैं तु हारी हर वाहिश को पूरा करने का सामर्थ्य रखता हूँ।"

"नहीं राघव, मुझे पढ़ना है बस।"

राघव गुस्से में बोला "वो संभव नही होगा।"

जानकी ने भी जिद्द ठान ली।

"ठीक है मैं प्राइवेट फॉर्म भर देती हूँ सिर्फ़ साल में एक ह ते एग्जाम देने जाना होगा। अब तो आपको कोई प्रॉब्लम नहीं होगी।"

राघव माँ की तरफ देखने लगा। जानकी दुखी आवाज में बोली ..

"राघव हमें तो लगा आप का दिल भी जेब की तरह बड़ा होगा.......।"

माँ और राघव को लगा हाँ कह दो बाद में देखा जाएगा। मंजूरी दे दी गई...। दम दम उड़ती उमंगो को सौ सौ पंख लग गए। अब तक सब याल था। अभी अभी तो जागी है तो सच छुप गया उसके आगे। वह सब कुछ भूल गयी। कितनी बार वो राघव के साथ अंतरंग क्षणों में भी हो कर ना होती थी। देह तो रहती थी पर मन कहीं और भटकता रहता। खैर....राघवने भी कभी जानना भी नहीं चाहा जानकी क्या चाहती है। उसका भी अपना दिल है, विचार है बस हर समय अपने सिद्धांत को उस पर थोपे रहता। वह उसके लिए एक सुंदर सी पत्नी थी, बस....। उसकी भी इच्छाएँ हो सकती है, ऐसा कभी रंच मात्र ख़याल भी न आया। ऑफिस से आने के बाद का टाइम माँ और बहनों का होता था। जानकी के हिस्से आता बस अंतरंग क्षणों का समय। वह उससे बात करना चाहती। अपने सुख दुःख शेयर करना चाहती पर जनाब काम खत्म होते ही पलट कर सो जाते। राघव और जानकी की पर्सनल लाइफ ऐसी ही थी। लेकिन जानकी के जीवन में अब ये छोटी छोटी बातें पहले की तरह दुःख न पहुँचती क्योंकि उ मीदों के दर, हौले से आकर, वाबों ने जो दस्तक दे दी थी। अब तो सारा समय अपनी पढ़ाई को देने लगी। काम करती, पढ़ाई करती और पहले से अधिक खुश भी रहती। उसे खुश रहने के लिए ऊर्जा जो मिल गयी थी। अब तो उसके ज़बी पर शिकन भी ना आती थी। उसने सारे एग्जाम पास कर लिए। देखते-देखते साल गुजर गए और उसने एमए भी पास कर लिया। क्योंकि

अब सब उसकी ज़िद से वाकिफ़ थे, तो कोई कुछ ना बोलता था। आज जब फाइनल ईयर का रिजल्ट आया तो बहुत खुश थी। आईने के सामने खड़े होकर सोचने लगी कि अब तक हम जिनको तारें मान रहे थे दरअसल वह तो सुराख थे बादल में..., असली तारे तो यही जमीं पर हैं, बस खोजने की देर है, अब तो मौका मिला जी भरकर जी लूँ। अब वो पहले वाली जानकी न थी। आत्मविश्वास से लबरेज़ थी। अब उसने कंपटीशन की तैयारी भी शुरू कर दी। वह भी सबके खिलाफ जाकर। अब तक वो एक प्यारी सी बच्ची की माँ बन चुकी थी हालांकि बेटी अभी छह महीने की थी, लेकिन वो उसकी परवरिश में कोई कमी नहीं रखना चाहती थी। वह नही चाहती थी वह अपनी माँ जैसी माँ बने...। एक प्यार करने वाली माँ बनना चाहती थी। बेटी को गोद में लिए दूध पिला रही थी तभी मेज पर रखी किताब के पन्ने खुली खिड़की की आती हवा से फड़फड़ाने लगे। कुछ शब्द पन्नो से छिटक कर उसके यालों में रंग भरने लगे ...। तभी डोर बेल बज उठी। उठकर दरवाज़ा खोला क्योंकि भले ही घर में सब लोग हो लेकिन दरवाजा खोलना उसका काम था। देखा बेटी सो गई, उसे लिटा कर दरवाजा खोला, सामने अ मा पापा को देख कर चौंक गयी। खुशी से पापा से लिपट गई। पापा अ मा आप कैसे हैं?

"मैंने ही बुलाया है फोन करके।" राघव का स्वर गूंजा।

चाय नाश्ते तक कोई कुछ ना बोला, फिर ड्राइंग रूम में सब साथ बैठ गए राघव सोफे पर बैठे थे, अ मा उसके पास दीवान पर अधलेटी बैठी थी। माँ (सास) को तो अ मा का आना सुहाता न था, वो बहाना बनाकर अपने कमरे में आराम करने चली गई और बहन रिया जानकी की बेटी को खिलाने लगी क्योंकि अब तक उसकी नींद भी पूरी हो चुकी थी। बातचीत करते करते अ मा ने बातों का रुख मोड़ा। जानकी, राघव अच्छा खासा कमाता है फिर तु हें नौकरी करने की क्यूँ सूझी? कल तु हारा अपॉइंटमेंट लेटर आया। तु हारी सरकारी नौकरी लग गई। सच...!!!!! जानकी खुशी से उछल गई, लेकिन बाक़ी सबके चेहरों पर कोई भाव न देख, उदास हो गई। वैसे भी यह लोग कब खुश हुए उसकी खुशी में, हमेशा मुँह लटकाए रहे। जानकी तुम यह नौकरी नहीं करोगी। हमारी समाज में इज्जत है। लोग क्या कहेंगे। अच्छे घर की बहुएँ नौकरी नहीं करती हैं, हाँ पर पढ़ी लिखी होती है। यही तो हमारा गुरूर है। तुम देखो हमारे घर की हर बहू कितनी होशियार है। सब बड़ी नौकरी करतीं थीं। शादी होते ही छोड़ दी, क्योंकि अच्छे घरों की बहुएँ बेटियाँ मर्दों की तरह काम नहीं करती, वो घर की शोभा होती हैं। नौकरी करने की आजादी मर्दों को है, औरतों को कहाँ आजादी है, उन्हें समाज, परिवार संस्कृति, हर एक नियम का पालन करना होता है। जानकी बिना किसी विरोध के बोली...

"अ मा आप मुझे कब तक सजा देती रहेंगी। अब तक मैं कुछ ना बोली, पर

मैं चाहती हूँ मैं अपनी बेटी की परवरिश आपसे बेहतर करूँ। मैं उसे वह सब नहीं देना चाहती जो आपने मुझे दिया। समाज और दिखावे के नाम पर आप मेरी इच्छाओं का गला घोटती आयीं हैं। आपकी माँ ने आपको नहीं पढ़ाया तो उसकी सजा मुझे मिली। अ मा आपने कभी सोचा है क्या जिंदगी थी मेरी..? हर समय आप की गालियाँ, कोसना। दो-दो दिन तक भूखी रहती पर आपने कभी जानने की कोशिश की, मैं कैसी हूँ? घर में मेरे लिए अलग नियम थे क्योंकि मैं घर की बेटी थी। मुझमे संस्कार जो ठूंस ठूंस कर भरने थे।''

अ मा तेज़ लहजे में लरजते हुए बोलीं, ''जानकी चुप कर मेरा मुँह मत खुलवा।''

''नहीं अ मा मैं भी चाहती हूँ कि राघव सब कुछ जाने।''

''दामाद जी आप अंदर चलो यह माँ बेटी का मामला है।'' पापा बोले।

''बोलो अ मा क्या कहना चाहती हो? यही कि मैं झूठ बोलती थी, पैसा चुरा लेती थी।''

राघव और पापा ठिठककर वहीं बैठ गए। अ मा आपने जानना चाहा कभी मैं झूठ क्यों बोलती थी? मेरी सहेलियाँ मेरा मजाक उड़ाती थी। तु हारी अ मा तु हें कैसे रखती है। मेरी उम्र की लड़की क्या सब लड़कियों को देखकर घूमना फिरना नहीं पसंद करेगी। बात बात पर तु हारा टोकना यह मत पहनो, यहाँ मत जाओ, यह मत करो, तंग आ गई थी, इसलिए झूठ का सहारा लिया। पैसे चुराकर वह सब कुछ खरीदती थी जो छोटा-छोटा सामान तुम नहीं खरीदने देती थी। हाँ.... मैं अपनी सहेलियों के घर पर हाथ में झुमके बैग में कपड़े लेकर जाती थी। वहाँ चेंज करती थी। क्योंकि तुमने मुझे सिर्फ़ तीन सूट सिला रखे थे। कॉलेज में लोग मेरा मजाक उड़ाते थे। जब दो दिन बाद सूट चेंज करती तो कहने लगते आज नहा कर आई है। तंग आ गई थी, तो यह रास्ता अ तयार कर लिया। तुम कहीं जाने नहीं देती थी तो झूठ बोल कर जाती थी। बताओ उस दिन दोस्तों के साथ शॉर्ट ड्रेस में पार्टी कर ली तो क्या गजब ढा दिया? कौन सा गलत काम कर लिया? क्या लड़कों से बात करना गुनाह था? या साथ-साथ घूमने चली गई तो कौन सी मर्यादा भंग कर दी? जिसकी मुझे इतनी बड़ी सजा मिली कि छोटी सी उम्र में शादी कर दी। पापा आप क्यों चुप हैं? मैंने कभी कोई ऐसा काम नहीं किया कि मैं आपसे नजर ना मिला सकूँ, और पापा आप मुझे क्यों हर हिसाब-किताब समझाते थे, जो लड़कों को समझाना चाहिए था। अपना हर ज्ञान आपने मुझ में भर दिया, हमेशा बेटा कहते थे कभी बेटी नहीं बोला, लेकिन बेटा क्यों न मान पाए? मेरे जीवन का इतना बड़ा फैसला मुझसे बिना पूछे लिया। जानकी अब इन सारी बातों का कोई तथ्य नहीं है। बस बात इतनी सी है कि यह घर औरतों की कमाई पर नहीं चलता। इतनी देर से चुप राघव

बोला। जानकी के मन में जीत की शरर की नसीम चलने लगी थी। उसके सपनों के अर्श पर अब बेचारगी की तीरगी न थी। कुछ क्षण लगे खुद को समेटने में।

''हाँ किया मैंने वह सब। आदर्श बहू बेटी के खाँचे से मैं भी कभी बाहर आना नहीं चाहती थी, लेकिन अब समय बदल गया है। इस इक्कीसवीं सदी में जो पिछड़ गया वो पिछड़ गया।''

राघव की आँखों में ढेरों सवाल झिलमिला रहे थे। जानकी वह भाँप गई।

''अफसोस राघव तुमने मुझे कभी नहीं समझा, जानती हूँ तुम मुझे बहुत प्यार करते हो पर प्यार का मतलब सिर्फ़ प्यार नहीं। आप अपने जीवन साथी की भावनाओं की कितनी कद्र करते हैं? राघव तुमने कभी यह नहीं सोचा मुझे भी तु हारी किसी बात पर दुख पहुँचाता हैं, जितनी फ़िक्र तुम अपने घर वालों की करते हो, काश...! कभी मेरी भी की होती, प्यार का अर्थ सिर्फ़ जानकी का त्याग नहीं है राघव को भी त्याग करना होता है। वह पल मेरे जीवन में कभी नहीं आया जब मेरे उदास चेहरे को देख तु हारी आँखों में आँसू आयें हो, राघव मैं बस इतना कहती हूँ, एहतियात से इश्क करूँ या इश्क से एहतियात। मेरे लिए तु हारे प्यार में कभी कोई कशिश थी ही नहीं। रिश्तो के आगे तु हें कहाँ मेरी दरकार थी? मैं तु हारे जीवन में कभी शफ़क न बन पायी, इस बात की फुरकत रहेगी। मैं नदी थी तुम एक झरना मैं गिरती रही, पर तुम कभी सँभालने न आये।

राघव मनुष्य उसी वस्तु के प्रति उत्तरदायी हो सकता है जिस पर उसका अधिकार हो। तुम सबसे अच्छा तो रावण था, जिसने सीता को बलात उठाया तो, पर कभी बलात उसे अपनी अंकशयनी नहीं बनाया। उसने कभी स्त्रीतत्व को लज्जित नहीं किया। प्रणय निवेदन करता रहा। रावण ने अगर सीता का हरण किया तो सीता का क्या कसूर? क्यों देनी पड़ी उसे अग्नि परीक्षा? जबकि उसका मन जिस पर उसका अधिकार था, कभी राम के चिंतन से विमुख नहीं हुआ। फिर भी समाज ने सीता को बार-बार कटघरे में खड़ा कर दिया। आज भी जब कहीं राम लीला का मंचन होता है तो सीता बार बार कटघरे में खड़ी कर दी जाती है। कभी मर्यादा पुरुषोत्तम कटघरे में क्यूँ नहीं आये कि सीता भी उनसे अपने सवालों के जवाब माँग सके। वह सीता तुलसी की सीता थी बिना प्रतिरोध सहती रही। यह आज की सीता है जो मर्यादा पुरुषोत्तम को चुनौती दे रही है। मुझे पता है मैं जो करने जा रही हूँ उस रास्ते में ढेरों रावणों से मेरा सामना होगा, लेकिन मुझे कोई चिंता नहीं है क्योंकि मैं वो जानकी हूँ जिसका कोई कुछ नहीं बिगाड़ सकता क्योंकि वह क्या है न, हम खुद ही अपने राम हैं। मुझे अपनी लड़ाई जीतने के लिए न राम की आवश्यकता है न उसकी सेना की क्यूंकि..........

''हम खुद ही अपने राम हैं।''

तिहत्तरवाँ चाँद जुपिटर का

शाम का थका हारा सूरज, आसमान की सीढ़ियाँ उतरकर, रात की अध-खुली बाँहों में गिरने लगा। शाख-मंजिरा की पलकें भीग गयीं, शाम की मटमैली चादर से खुश्क हवा अपना सिर टकराने लगी। दूर कहीं साँझ ने रात को पुकारा। छत पर उदास हवा अपना ठंडा साया पसारने लगी। वह सर झुकाए खामोश, बस की खिड़की पर सर टिकाए बैठी थी। सड़क पर थके माँदे युवक युवतियाँ हाथों में लैपटॉप टिफिन को इस मानिंद हिलाते हुए जा रहे थे, जैसे मिलन की तमतमाहट चेहरे पर सजाए एक शान से सड़क की छाती पर नया जहाँ तलाश रहें हों, एक वह है जो अपना बसा हुआ आशियाँ छोड़ जा रही थी। बसा कहाँ था... ? अभी अभी तो बसाने की कवायद शुरू की थी।

"बहन जी क्या आपको सुनाई नहीं दे रहा?"

"कब से फोन बज रहा है.. न जाने खिड़की के बाहर ऐसा क्या तक रहीं है?"

टु पा ने देखा, उसके बगल में बैठी ग्रामीण परिवेश की औरत उससे कुछ कह रही है। वह औरत उसे टीवी पर चल रहे अनचाहे धारावाहिक की तरह लगी, बिना कुछ जताए फोन को पर्स से निकालकर हेलो किया। दूसरी तरफ उसके ससुराल में काम करने वाली महरी चाची का स्वर गूँज गया...

"बहुरिया... ! जहाँ भी हो चली आओ... तु हारी छुटकी का महीना शुरू हो गया, बहुत रो रही है।"

"उसे अपनी माँ की जरूरत है"

"यह क्या कह रही हो चाची... ? वह तो अभी बच्ची है।" टु पा का स्वर कँपकपाने लगा।

"इस कलयुग में कुछ भी हो सकता है। तुम जल्दी आ जाओ।"

"तुम दोनों की ऐंठ में बच्चे परेशान हो रहे हैं।"

"लेकिन चाची मैं..."

और उधर से फोन रख दिया जाता है। महरी चाची के कहे यह शब्द कानों में तैरने लगते हैं। कुछ देर के खातिर ही सही, अपने दुखों को भूला जा सकता है और घर वापस जाया जा सकता है। दरअसल वो इतना दुखी है, दीन हीन इस दिल की भी कुछ अंदरूनी सान्त्वनाये, कुछ उ मीदें होती हैं, जिन्हें वह कलेजे से लगाए हैं। खैर अब ऐसा कुछ शेष नहीं रह गया कि वह अपनी धड़कनों की सुने। ये तो कब की बंद हो गई है। सहसा बच्ची का ध्यान आता है। इतनी छोटी सी उम्र में पीरियड कैसे हो सकता है। कहीं कुछ गलत तो नहीं हो गया। एक बारगी अखबार और टीवी पर बच्चियों के साथ हो रही घटनाएँ कौंध जाती हैं। याल आते ही रूह काँप जातीं है। मन को समझाती है। अभी कुछ ही दिन पहले आई है, ऐसा कुछ नहीं होगा, माँ बाबूजी मुझ से भले नाराज हो लेकिन बच्चों का पूरा ध्यान रखेंगे। वह बस से उतर जाती है। वापस इलाहाबाद के लिए दूसरी बस पकड़ती है। खुद से कुछ वादा करती है, मेरी जिंदगी तो वैसे ही दीनहीन है। इंसान अपनी ज़िन्दगी जीता है और रेत के मानिंद बिखर जाता है, फिर कुछ शेष नहीं रह जाता। टु पा को लगता है उसकी आधी आत्मा उसे छोड़ कर बच्चों के पास चली गई हो और आधी बाकी हो, जो बर्फ की तरह अभी-अभी सड़क पर गिरेगी और अगले ही पल मिट्टी संग मिल जाएगी। यही उसकी नियति है। अगले ही पल चार साल के बेटे का अक्स सड़क पर भागते स्कूल के बच्चों के बीच नजर आता है। वह दिलो जान से उदासी के रास्ते पर बढ़ रही थी, जिस पर जिंदगी ले जा रही थी। एक बारगी उसे अपने अंदर एक वाहिश जगती हुई महसूस हुई और उस वाहिश से जुड़ा एक सपना भी। शाम ढलने लगी, आसमान में तीरते हुए उजालों में खो सी गई। खिड़की के बाहर मानो सपनों में चुपचाप धीमे-धीमे बहती हवा को देखती, चिर प्रतीक्षित स्मृति लहरियों में बह चली। बचपन की उन मासूम यादों से घुलघुल कर उसका दिल उ मीदों से इतना पसीज आया कि उसने विश्वास करने का साहस किया, थोड़ी देर में उसे नींद आ गई।

टु पा एक पैतीस वर्ष की औसत सुंदर युवती है, तीखे नैन नक्श,, दुबली पतली इलाहाबादी अमरूद की तरह गुलाबी ललछैय्याँ काया, चेहरे में कुछ सबसे ज्यादा आकर्षक है तो उसकी गोल-गोल बड़ी सी काली आँखें। बड़ी सी लंबी चोटी, सीधी माँग में दमकता अंतिम छोर तक लाल सिंदूर, माथे पर छोटी सी बिंदी, जो बरबस सामने वालों का ध्यान अपनी ओर आकर्षित करती है। अरु से उसकी पहली मुलाकात एक शादी समारोह में हुई थी। अरु को टु पा एक नजर में भा गई। इस आधुनिक युग में जब सब लड़कियाँ फैशन के पीछे भाग रही हैं, वहीं सादगी से भरी ये इलाहाबादी लड़की उसके दिलो-दिमाग में छा जाती है। उसकी शादी के लिए ढेरों रिश्ते आ रहे थे। हर फोटो को फोटोशॉप किया जाता था, लड़की फोटो में

कुछ और होती और जब सामने देखता तो दोनों एकदम विपरीत नजर आती। शायद इसी वजह से टु पा को देखते ही उसने शादी का फैसला कर लिया। जिस शादी में टु पा और वह आए थे रिश्ते में वह टु पा के ताऊजी थे। टु पा के घर रिश्ते की खबर भेजी जाती है। टु पा के पिता सहर्ष ही ये रिश्ता स्वीकार कर लेते हैं। टु पा उस समय बी.ए. फाइनल ईयर की छात्रा थी। वह आगे पढ़ना चाहती थी, लेकिन बात किसी से रख सकती इतना साहस उसमें नहीं था। वह तो बह रही नदी की धारा में बहने वाली लड़की थी। धारा से विपरीत जाना उसका स्वभाव नहीं था, इसलिए जब माँ ने शादी की बात की तो उसने हाँ कर दी। वैसे भी उसकी हाँ या न से कोई फर्क नहीं पड़ने वाला था। बचपन से टु पा जिस माहौल में पली-बढ़ी थी, वहाँ लड़कियों की सोच कोई खास मायने नहीं रखती थी। घर में किसी की चलती थी तो वह बाबा या उसके पापा की। माँ पूरी तरह से पितृसत्ता के पक्ष में थी। उसका मानना था जिस घर में औरतों की चलती है वह घर बर्बाद हो जाते हैं, क्योंकि औरतें कभी पुरुष की तरह नहीं सोच सकती। वह खुशी-खुशी यही संस्कार अपनी दोनों बेटियों टु पा व तारा को दे रही थी। टु पा दब्बू किस्म की लड़की थी। यदि वह जो चाहती और उसे पाने में बहुत मुश्किल होती है, तो वह उस रास्ते से हटना बेहतर समझती। वह हर समस्या का समाधान ढूँढती, जिसमें समझौता उसे ही करना पड़े। उसके विचारों के विरोध में उठी बाहरी आवाजों को संघर्ष कर चुप कराने से बेहतर अपने मन में उठ रहे द्वंदों को अपने मन में ही शान्त करना वो बेहतर समझती। उसने वाह्य और आंतरिक द्ववंदों में तादात य प्राप्त कर लिया था। स्कूल, घर, बाहरी दुनियाँ कुछ भी हो उसे विरोध पसंद नहीं था। वह झुकने में विश्वास करती न कि लड़ने में। इसके चलते उसके अंदर एक अजीब सी आदत विकसित हो गई थी, वह जिस किसी चीज को पाना चाहती और जो उसे नहीं मिलता, वो उसे अपने अवचेतन मन की परतों में बिठा लेती। और उसे भान होता कि वो जो चाहती है वो उसे मिल गया, एक अलग ही दुनिया बना ली थी, जहाँ वह बेहद खुश थी। जब उसने शादी के लिए हाँ किया तो आसपास की चाची, दादी, मौसी, बुआ बोल पडीं..

"क्या टु पा...! तू इसी दिन के लिए गाँव से इलाहाबाद पढ़ने गई थी कि बिना कुछ हासिल किये शादी की हाँ कर देगी?"

टु पा ऐसे प्रपंचियों को चुप कराना जानती थी। उसके अंदर क्या चल रहा खूब छुपाना जानती थी। वह उनसे कहती अगर आपकी बेटी को यह रिश्ता आता तब भी क्या आप यही कहती, कोई बेवकूफ ही होगा जो खुद चल कर घर आए इतने अच्छे रिश्ते को ठुकराएगा? चाची एक बात बताऊँ, मेरा तो बचपन से एक ही सपना था किसी खूब सुंदर अच्छा कमाने वाला राजकुमार मिले, बस फिर क्या चाहिए जिंदगी में, मेरा तो वाब पूरा हो गया, वह सब चुप हो जातीं, खैर वह

जानती थी कि, अगर आज वह कोई फैसला लेती है तो अपने साथ अपने उस छोटे से गाँव की कई लड़कियों के सपनों को बिखेर देगी। वह नहीं चाहती थी कि कोई यह कहे, देखो लड़कियों को बाहर पढ़ने मत भेजना नहीं तो अपनी मनमानी करने लगती हैं। वह जानती थी लड़कियों पर उनके माँ–बाप समय और पैसा दोनों कम खर्चते हैं, उ मीदे ज्यादा बाँधते हैं। उनके ऊपर दोहरी जि मेदारी होती है। परिवार की और समाज की भी। अगर आज वो अपने माँ बाप के विरुद्ध जाकर कुछ ऐसा वैसा कदम उठाती तो आगे न तो उसकी माँ उसकी छोटी बहन को पढ़ने भेजेगी और न ही गाँव की कोई लड़की बाहर पढ़ाई जाएगी। सब यही कहेंगे, देखा, बाहर भेजने का परिणाम क्या होता है, बस यहीं से समझौते का सफर शुरू हो जाता है। टु पा का कहना था समझौते से आप वो पा लेते हैं जो पाना चाहते हैं। सामने वालों को दुख भी नहीं होता। जब काम प्यार और समझौते से बन जाए तो इतने आदर्शों और उसूलों के लड़ाई की क्या जरूरत।

आखिर फरवरी माह में शादी की तारीख तय होती है। चट मँगनी पट ब्याह। अरु के पिता बेटे की अच्छी नौकरी को देखते हुए अच्छी खासी रकम और शानो शौकत से शादी करवाना चाहते थे। दोनों समधियों में आपस में लेनदेन को लेकर बातचीत हो जाती है, लेकिन टु पा के पिता काफी चालाक किस्म के इंसान थे। उन्हें समझ में आ जाता है कि लड़का उनकी लड़की पर लट्टू है, तो दोनों हाथों में उनके ही लड्डू है। शादी तो खूब धूमधाम से करते हैं, लेकिन दहेज के नाम पर सिर्फ़ टु पा के कपड़े और दो चार जेवर देकर विदा कर देते हैं। जिस कारण टु पा के ससुर, टु पा से नाराज हो जाते हैं। वह यही कहती, समय की धार बहुत तेज है। सब कुछ भुला देगी। एक साल के अंदर उसकी गोद में एक प्यारी सी बेटी आ गई। बेटी के होने के बाद पति के साथ लखनऊ आ गई। शादी के तीसरे साल एक और बेटी की माँ बन जाती है, लेकिन अरु को बेटा चाहिए था, जो परिवार का नाम आगे ले जा सके। दोनों बेटियाँ ऑपरेशन से हुई थी। तो एक बच्चा और किया जा सकता है ऐसा अरु का कहना था। पति की जिद्द के आगे झुकना पड़ा, लेकिन भगवान ने सुन ली। तीसरी बार वह एक बेटे की माँ बन गई।

घर्र घर्र करती बस रुक जाती है और वो अपने यथार्थ में फिर वापस आ जाती है। वह भीड़ को चीरते हुए बस से उतरती है। तभी पीछे से कंडक्टर की आवाज आती है। बहन जी अपना पैसा तो ले लो, वह पलट कर देखती है और इशारा करती है रहने दो भैया। पास ही खड़ी ऑटो में बैठ जाती है।

"भैया पीली कोठी चलोगे?"

शायद यह पहली बार हुआ होगा जो बिना पैसा तय किए बैठ गई वरना तो उसे दो रुपये भी ज्यादा देना गवारा नहीं होता था। पहले तो सौ रुपये कंडक्टर के

पास से नहीं लिए, फिर ऑटो में भी बिना मोल भाव के बैठ गई। गली के अंदर घुसते ही महसूस होने लगा कि लोग उसे सवालिया नजरों से घूर रहे हैं। गेट पर आटो रुकने की आवाज पर ससुर बाहर आते हैं। वह मुँह को तीन कोने बिचकाते हुए कहते हैं

"तुम वापस क्यों आ गई?"

ससुर के लहजे में किसी घबराए हुए व्यक्ति सी उत्तेजना थी। जैसे किसी ने अभी अभी उन्हें रंगे हाथों पकड़ लिया हो। उनकी बातें सुनकर करुणा और घिन एक साथ लरज़ पडीं। वह तमतमा कर रह गए। घर में दाखिल होते ही देखती है माँ कुन्नो के साथ आँगन में धूप में चारपाई पर लेटी है। छोटू भी वहीं साइकिल घुमा रहा। छुटकी नजर नहीं आ रही थी। वह बेटी से पूछती है

"छुटकी कैसी है? कहाँ है? दिखाई नहीं दे रही।"

आँगन में लगे वॉश बेसिन पर हाथ मुँह धोती है। सास यूँ ही चारपाई पर पड़ी रहती है, जैसे वह यहाँ मौजूद न हो। बेटी मोबाइल में गेम खेलने में मशगूल रहती है, बिना सर उठाए जवाब देती है।

"पीछे वाले कमरे में पड़ी है"

"पड़ी है से क्या मतलब तु हारा.. ?"

अंदर जाकर देखती है छुटकी बेड पर घुटने को पेट से लगाये लेटी है। वह प्यार से आवाज लगाती है छुटकी...छुटकी... सो रही है? बेटी माँ की आवाज सुनकर झट से उठकर माँ के गले लग जाती है। दुनिया में कुछ ऐसी जगह होतीं हैं जहाँ सुकून तारी रहता है, वह है माँ का आँचल। वो देखती है बिस्तर पूरा खून से सना हुआ है। उसकी फ्रॉक और जाँघों पर भी खून रिस रहा था। वह देखती है सास ने उसे कपड़ा लेने को दिया था, जो बच्ची सँभाल नहीं पाई तो उसने उसे निकाल कर फेंक दिया। छुटकी दर्द से परेशान थी। बेटी को इस हाल में देखकर उसे अपना पहला मासिक धर्म याद आ गया। रीढ़ की हड्डी से दर्द की टीस उठी और पेट तक जा पहुँची। वह दर्द से दोहरी हो गई। दशकों बीते उस दर्द का एहसास उस क्षण महसूस हो रहा था। हाथ स्वत: ही पेट तक जा पहुँचा। दर्द चेहरे पर झलक आया। माँ की हिदायत शब्द बन हवा में लहरा गए, किसी को मत बताना कि तु हारे पीरियड्स शुरू हो गए हैं, नहीं तो सबको पता चल जाएगा तुम बड़ी हो गई हो। कितनी अजीब है हमारे समाज की यह व्यवस्था। बच्ची दर्द से परेशान थी उसे घर के उस कमरे में रखा गया था जहाँ पीरियड्स आने पर घर की औरतें रहती थीं। वह बच्ची को नहलाती है, साफ कपड़े पहनाती है, पर्स में पड़े पैड निकालकर बच्ची को समझाती है, साफ सफाई करके, उसको दवा और गर्म दूध पीने को देती है। बच्ची को थोड़ा राहत मिलती है। वह माँ के सीने से लगकर सो जाती है। बच्ची के चेहरे

पर अभी भी डर साफ साफ दिखाई दे रहा था। वह इसके लिए अभी तैयार नहीं थी। वह बाहर आकर चारपाई पर पड़ी सास पर फट पड़ती है।

"अ मा यह सब क्या है? बच्ची को अलग कमरे में क्यों रखा और कपड़ा लगाने को दिया।"

"भला अब कोई कपड़ा लगाता है क्या?"

"बीस रूपये का पैड नहीं ला सकती थी?"

अ मा अपनी दोनों टाँगों पर चढ़ी हुयी धोती को समेटते हुए चारपाई से चरमराते हुए उठ बैठी और बोली..

"ज्यादा चिल्लाने की जरूरत नहीं है..."

"हमारे पास पैड नही है, हमे महीना थोड़े होता है, अभी हम आराम कर रहे थे...,"

"शाम तक ला कर दे देते..."

"और कौन सी नई बात है, महीना आने पर सालों से ऐसे ही रहने की पर परा चली आ रही है।"

एक तो कार्तिक के महीने में शाम को तुलसी में दीया बाती करना होता है। यह लड़की पूरे घर में नाच रही होती है। और सब छू छा रही थी। हम जो किये, सही किये। इतनी हमदर्दी थी तो छोड़कर क्यों चली गई? सुनते ही टु पा के भीतर नफरत बजबजा उठी। अलग जीना अलगाव का आदी हो जाना नहीं होता, व्यवस्था सब कुछ करा लेती है, बेटी से कहती है, तुम बड़ी बहन हो, तु हें उसका याल रखना था। कम से कम उसे पैड लाकर तो दे सकती थी। मोबाइल मेज पर पटकती हुयी कमर में हाथ रखकर खड़ी हो जाती है। तेज़ लहजे में माँ से बोलती है ...

"माँ, तुमने आते ही किच किच शुरू कर दी।"

"सही कहा, मैं बहन हूँ माँ नही...."

"अपनी जि मेदारी तो तुमसे उठाई नहीं जा रही मुझे समझाने चलीं है..."

"वह तु हारी बेटी है मेरी नहीं...।"

कुन्नो आजकल माँ को बेइज्जत करने का कोई मौका नहीं छोड़ती थी। लेकिन आज उसके द्वारा कहे शब्द मन में सीली लकड़ी सी धुँधवाने लगे। वह दुर्बल तटबंध सी टूट गई, फफक कर रो पड़ी। कुन्नो को माँ के रोने से जैसे कोई फर्क ही न पड़ता हो। वो बोली ..

"माँ, तुम सबको राह दिखाती रहती हो, तु हें अपने दोनों बच्चों की चिंता है...,"

"लेकिन मेरी कभी नहीं रही। क्या तुमने कभी सोंचा. ?"

"मैं तु हारे और पापा के बीच बटें दो कमरों का पुल बन कर रह गई..."

"पापा बेचारे अकेले पड़े सारी सारी रात तु हारा इंतजार करते रहते हैं, लेकिन तु हें इन दोनों से फुर्सत कहाँ है. ?" "पापा से रोज रात को लड़ना तु हारा शगल बन गया है..."

तुम इन दोनों को सीने से चिपका कर सो जाती हो, कभी मेरा याल नहीं आया। मैं अपने कमरे में अकेले पड़ी तु हारा और पापा का इंतजार करती रहती हूँ। तुम जानती हो दिन में जो कमरा और खिलौने मुझे सबसे प्यारे लगते, वह रात होते ही शमशान के भूत नजर आते हैं। तु हारी वजह से हमारे पापा हमसे दूर हो गए हैं और कल तो तुम हम दोनों को हमेशा के लिए छोड़ कर चली गई थी। अब क्यों वापस आ गई हो? टु पा की आँखों में कुहासे का जाला बन आया। नहीं बेटा, मैं तुम लोगों को छोड़कर कहीं नहीं गई, बेटी बोली, आप झूठ बोल रही हो, दादी ने मुझे सब कुछ बता दिया है।

वह जानती थी अरु के माँ-बाप तो तभी से इस मौके की तलाश में थे कि वह उसे और अरु को दूर कर सकें। जिस दिन वह बिना दहेज इस घर में आई थी, तभी से उनके आँखों की किरकिरी बनी हुई थी। उसने बेटी का हाथ अपने हाथों में लेते हुए प्यार से कहा, बेटा यह सब जानने के लिए अभी तुम बहुत छोटी हो। मेरी बातों को तुम तभी समझ सकोगी जब तुम औरत बनोगी। तुमने यह तो देखा कि मैं तु हारे पापा से एक ही घर में अलग रहते हुए खुश नजर आती हूँ, लेकिन तुमने वह कभी नहीं देखा जब बाथरूम से घंटों रो लेने के बाद गुलाब सी ताजी होकर बाहर आती। मैं नहीं चाहती थी किसी को ये एहसास भी हो कि उसके व्यवहार से आप दुखी हो। मेरा भी कोई आत्म स मान है। जानती हूँ, दो कमरों के बीच सबसे ज्यादा आहत तुम हुई हो, लेकिन मुझे विश्वास है एक दिन तुम अपनी माँ को जरूर समझोगी। तब तक अ मा कुछ एक काम निपटा कर आ गईं। कुन्नो का हाथ पकड़कर अंदर ले गई, बड़ी आई ज्ञान बघारने वाली..., तेवर तो देखो महारानी के, दो दो बेटियों को जन्म देने के बाद भी अकड़ तो देखो, एक हम हैं जो दो बेटे जने, लेकिन मजाल है कि कभी पति से ऊँची आवाज में बात भी किए हो। तभी ससुर जी गुस्से में उबलते हुए आते हैं। यह बच्चे तु हारे साथ नहीं जाएँगे। तुम मेरे बेटे को परेशान करते नहीं थकती हो। कितना पैसा वह तुम पर खर्च करता है, अब और नहीं करेगा। टु पा ससुर को लगभग खींचते हुए बैठाती हुई कहती है, पापा आपके बेटे से मुझे अपने खर्च को कुछ नहीं चाहिए, लेकिन बच्चों की परवरिश के लिए खर्चा देना होगा, मेरे बच्चे मेरे साथ रहेंगे। अपने बुढ़ापे का सहारा अपने बेटे में खोजें, मेरे बच्चों में नहीं, और हाँ पापा फिजूलखर्ची तो मैं करती हूँ, इन तीन बच्चों की परवरिश के काम के साथ-साथ घर का झाड़ू, पोछा, बर्तन, कपड़े, घर के सारे काम जिनसे पैसा फिजूल खर्च होता है। थोड़ी देर खुश्क मौन पसरा रहा। फिर ससुर बोलते हैं, तु हें समझना होगा,

लॉकडाउन में कितनों की नौकरियाँ चली गयीं। उसको भी तन वाह पूरी नहीं मिल रही। ऐसे में वो पहले की तरह खर्च नहीं कर सकता। बहरहाल ...कल तु हारी माँ और बहन आ रहीं हैं और ये कहते हुए कुर्सी से उठते हुए उसकी तरफ बिना देखे हुए कमरे से बाहर चले जाते हैं।

टु पा का सर दर्द से फटा जा रहा था। अपने लिए एक कप कॉफी बना कर लाती है। ये वही कमरा था, जहाँ कुछ साल पहले वह दुल्हन बन कर आई थी। कभी जहाँ साँसे महकती थीं, खुशियाँ खनकती थीं, आज ये खाली खाली सा कमरा, केंचुल छोड़ती सी प्लास्टर वाली बेरंग रोगन दीवारें, कोई अपनापन पैदा नहीं कर रही थीं, न ही सीलिंग से लटकती वह नंगी बल्ब, जो कभी उसे चाँद की चाँदनी नजर आती थी। आज मानो आँखों में चुभ रही थी। उस पल को याद करके अनायास ही चेहरे पर मुस्कान बिखर गई। उसने ऐसे ही अरु उसे कहा था, जब आप साथ होते हो तो यह पीला बल्ब भी चाँद सा नजर आता। उस समय तो वो सिर्फ़ मुस्कुरा दिया, लेकिन जब वह चौथी की विदा के बाद दोबारा घर आती है तो अरु उसे ऊपर बने नए कमरे में ले जाता है। कमरा पूरी तरह अँधेरे में डूबा हुआ था। उसको पलंग पर बिठाया और आँख बंद करने को बोलता है। फिर बोला अब धीरे-धीरे आँख खोलना। टु पा ने धीरे-धीरे आँखे खोली, उसे लगा वह हवा में हल्की हो कर तैर रही है। उसके चारों तरफ तारामंडल का जाल बिछा है। ढेरों छोटे बड़े तारे जुगनू समान चमक रहे हैं। चारों तरफ नीले रंग की छटा बिखरी है। अद्‌भुत नजारा था,

"वाह मेरे चाँद.......!"

और अरु के सीने से लिपट जाती है। कमरे की छत और दीवारों पर अनगिनत नीली रंग की एलईडी लगी हुयी थीं, जो आकाशगंगा की तरह प्रतीत हो रहीं थीं। वो बोला..

"तु हे चाँद से बहुत प्यार है, यह रहे जुपिटर के सारे चाँद तु हारे कदमों में।"

टु पा हँसती है...

"सारे कहाँ...? ये तो बहत्तर चाँद हैं।"

"कमाल है टु पा, तुमने इतनी जल्दी गिन भी लिए।"

टु पा बोली ...

"प्यार का वजूद बन गए हैं ये....,बहत्तर चाँद, मेरे दिल की बहत्तर धड़कने हैं, जिनमे मेरे प्यार की दुनियाँ सिमट गयी है।" दोनों हँसते हैं .....

पुरानी यादों के साए से घिरते ही टु पा औंधे मुँह बिस्तर पर गिर पड़ती है। अपनी गर्दन के आसपास अरु की साँसों को महसूस करने लगती है। मरुस्थली आँखें प्यार के एहसास से शबनमी हो जाती हैं। वह अभी आएगा और अपनी बाँहों

में भरकर उसे सीने से लगा लेगा। उसकी चाहत खून में वाहिश बन घुल जाती है। कमरा पूरी तरह मर्दानी गंध से भर गया। अस्थिर प्रेम हमें कितना असुरक्षित और कमजोर बना देता है। एक ऐसा एहसास जिसे हम न देख सकते हैं, न छू सकते, उसे हम तिजोरी में भरना चाहते हैं। उस पर सब कुछ निछावर करके हमें खुशी मिलती है। यह पाना हमें एक नए अभाव और असुरक्षा को जन्म देता है। आसक्त तो मन कभी हुआ भी नहीं था। प्रेम के किनारे छूट रहे थे। वह कब तक इन किनारों से बंधी रहती। प्रेम एक अकेली दिशा नहीं है। प्रेम बहुत से जीवन आयामों में एक आयाम है। एक आयाम अपने व्यक्तित्व और स्वाभिमान का भी है। वह अपने को सहेजती खड़ी होती है। बहुत दिनों से बंद खिड़की को खोलती है। नीचे आँगन में बड़ा सा रातरानी का पेड़ लगा हुआ था। जिसके किनारे पर मेहंदी के छोटे-छोटे झाड़ लगे थे। खिड़की खोलते ही कमरा चमेली और मेहंदी की मिली जुली मु तयों से भर जाता है। खिड़की पर खड़े होकर लंबी साँसे भरने लगती है। मन तरोताजा हो जाता है, मन के कोने में एक लहक उठने लगती है।

कुछ पल वहीं बिताती है, जहाँ कभी प्यार बसता था आज उसे उस कमरे के वजूद से भी नफरत हो रही थी। आखिरकार वह ऐसी फंतासियों को यथार्थ में जी रही थी जो उसकी चेतना में निरंतर बह रही थी।

सुबह आठ बजते ही माँ और बहन आ जातीं हैं। पिताजी को गुजरे आठ साल हो गए थे। पिछले साल टु पा की बहन की शादी उसके देवर से हो जाती है। टु पा के ससुर, टु पा की माँ को सारे हालत से वाकिफ कर चुके थे। माँ आते ही टु पा को कुछ समझाने के अंदाज से बोलना शुरू करती, उससे पहले ही टु पा बोलना शुरू कर देती है। माँ हम दो साल से सिर्फ़ घर में साथ रह रहे थे। हमारा पति-पत्नी का रिश्ता दो साल पहले ही खत्म हो गया था। हमारे रिश्ते में ऐसा कुछ भी नहीं बचा था जिसे आगे ढोया जा सके। रिश्ते तो कब के सूख चुके थे, रिश्तों की जड़ों में थोड़ी बहुत बची नमी से रिश्तों को आगे बढ़ाना संभव न था। हम दोनों ने अपनी मर्जी से एक लिखित करारनामा कर लिया था, जिसमें उन्होंने कहा था वह बच्चों के अच्छे परवरिश की सारी जि मेदारी उनके अपने पैरों पर खड़े होने तक निभायेंगे, क्योंकि मैं नही चाहती की मेरे बच्चे गैर परों पर उड़ना सीखे। उनकी पर्सनल लाइफ से न मुझे कोई गुरेज था, न ही मुझे कुछ लेना देना था, हाँ लेकिन मेरे आने जाने की लाग-बुक उन्हें रोज चेक करनी होती थी। हम सिर्फ़ बच्चों के माँ-बाप बनकर रह रहे थे। पिछले चार महीनों से अरु ने एक पैसा भी नहीं दिया, जो कुछ भी जमा पूँजी थी, मैंने खर्च कर दी। अब इन तीन जानो को कहाँ से खिलाती। जब खर्च के लिए पैसा माँगा तो बच्चों को यहाँ पटक गए। और वो कहते हैं कि मैं फ़िजूल खर्च करती हूँ। माँ तु ही बताओ मैं इन बच्चों के पेट कहाँ से भरूँ। सिर्फ़ बी ए पास हूँ। कहाँ से

नौकरी करूँ? इतना भी नहीं पढ़ी हूँ कि तुरंत नौकरी ढूँढ सकूँ, इसके लिए वक्त लगेगा। अपने पल्लू को कमर पर कस के घुमा कर खोंसती है और आँखे निकाल कर माँ से कहती है...

"पैसा तो अरु को देना ही होगा।"

लॉक-डाउन में फँसी पत्नी को अगर लेने आता है तो, पेट्रोल का पैसा माँगता है। अब आपको यह भी बता दूँ पिछले दो सालों में जब-जब आप-सब से मिलने यहाँ आयी हूँ, आने जाने का पूरा पैसा मैंने उसको चुकाया है। रास्ते में बच्चों के कोल्ड्रिंक और चिप्स का हिसाब भी खर्चे में जोड़ता था। हद तो तब हो गयी माँ कि छोटू ने ज़िद कर ली एक गुब्बारे की और वो पाँच रुपये का गुब्बारा भी अरु के हिसाब किताब में लिख लिया जाता। सास ससुर की तरफ मुखातिब हो कर बोलती है, आप सब का दिल नहीं पसीजता, आप भी तो बच्चों के दादी बाबा हो। आप ही तो कहते थे मूलधन से ब्याज प्यारा होता है, कहाँ गयी आपकी वो बड़ी बड़ी बातें। सास ससुर ने एक दूसरे को आँखों में देखा और सास ब बा आने की बात बोल कर सर झुका कर चली जाती है। बेटी का दर्द देख कर माँ की आँखे झलझला जातीं हैं। बीते दिनों में मैं अपना खर्च पापा की वजह से पूरा कर पा रही हूँ। आपको याद होगा, पापा ने, जब आटा चक्की बेची थी, वो सारा पैसा मुझे दिया था। उन्हीं जमा पैसों के ब्याज से मैं स्वाभिमान से जी पा रही हूँ। गहरी साँस छोड़ते हुए टु पा माँ से चिपक गयी। इतना सब कुछ घट गया, तूने कुछ नहीं बताया। अकेले सब झेलती रही। वह बेटी के सिर पर हाथ फेरती, कभी पीठ पर कुछ झाड़ने का अभिनय करती, यूँ प्रतीत होता वह उसके दुखों को झाड़ रही हो। वक़्त के साथ माँ के हड़ीआये सीने पर सर रख कर सुकून सा तारी हो गया। बे-इन्तहा खुशी के ल हों की तरह उसके ज़ेहन में दोनों घटनाएँ एक साथ चल रहीं थीं। पहली जो माँ से बात करके मन हल्का हो गया, वहीं दूसरी तरफ, अब आगे क्या करना होगा। कुछ ही पल में खुशी तो गायब हो गई। यकीनन दिल गहरी पीड़ा से बिलबिला उठा। मानो कोई ज़ म वहाँ रिसने लगा हो, अभी इस पीड़ा को महसूस करने का वक्त नहीं है। अगर उसने इस पीड़ा को सर उठाने दिया तो, वो निष्क्रिय हो जाएगी। वह कुछ भी नहीं कर पाएगी, बस गुमसुम और रोती रहेगी। माँ की गोद से उठती है और अपने दुखों को झटक कर अलगनी में टांग देती है। मैं आप-सबको गरमा गरम अदरक वाली चाय पिलाती हूँ। टु पा किचन की तरफ चली जाती है। बेटी को यूँ सहज होते देख माँ का कलेजा फटने लगता है। दूसरे दिन सुबह ही टु पा बच्चों को लेकर लखनऊ वापस आ जाती है।

मायक और ससुराल दोनों ही इलाहाबाद में थे, तो रिश्तेदारी में सवालों की बौछार होना शुरू हो जाती है जो कि लाजमी था। पति पत्नी के झगड़े की खबर

आस पड़ोस के लोगों को लग चुकी होती है। टु पा बच्चों के साथ घर पर अकेली रहती थी। इस बात को आस पड़ोस के लोग जान गए थे। एक दिन दोपहर होने तक घर में कोई हलचल नहीं हुयी। बच्चों के रोने की आवाजें आती हैं। बच्चों की आवाज सुनकर पड़ोसी इकट्ठा हो जाते हैं। मन में संशय लिए दरवाजे को पीटते हैं। काफ़ी देर बाद टु पा गहरी नींद की खुमारी में दरवाजा खोलती है। पड़ोसी हैरान-परेशान खड़े हैं। पड़ोस में रहने वाली आंटी उससे पूंछती हैं, टु पा तू ठीक है न, ये बच्चे क्यों रो रहे हैं। आशंकित नज़रों से उसे देखतीं हैं। टु पा कहती है सब ठीक है आंटी, मै डिप्रेशन की दवा खाती हूँ, तो कभी-कभी बेवक्त नींद कुछ ज्यादा गहरी आ जाती है। आप परेशान न हो ऐसी कोई प्रॉब्लम नहीं है। बच्चे आपस में खेलते लड़ते रहते हैं। यह जो लोग हिमाकत करने आए हैं, इन सब के मंसूबे वह अच्छी तरह जानती है। इनको मेरी परेशानी का सबब नहीं है, इन्हें तो मेरी परेशानी का सबब जानने के कारण में दिलचस्पी है। उसके अंदर उठ रहे सवालों के जवाब भी कहीं उसके अंदर ही मौजूद थे। वह मरने वालों में नहीं है। बहुत हो गया, इन अँधेरों की परछाइयों से बाहर आने का वक्त आ गया है, वह यह दवा खाकर सारा दिन मरी सी पड़ी रहती है। वो दराज खोलकर दवाइयों की शीशी निकालकर डस्टबिन में फेंक देती है। फिर खुद से वादा करती है, पहले हालातों से निपट लूँ, फिर परछाइयों से भी निपट लूँगी। इन परछाइयों की वजह से जीती जागती आकृतियों से दूर होती जा रही हूँ। जितना मैं आगे जाती हूँ, उतना ही पीछे धँसती जाती हूँ। समय जितना तेजी से सरकता जाता है। काश, उलझने भी ऐसे ही खत्म हो जाती तो कितना अच्छा होता। ये एकदम उसने उस समय उठाया होता जब उसने अरु को पहली बार एक लड़की के साथ देखा था। अरु की जिंदगी में अक्सर नयी नयी लडकियाँ आती जाती रहती थीं। टु पा जब भी विरोध करती तो अरु उसे यह कहकर टाल देता कि पुरुष होकर किसी महिला को देखकर आकर्षित होना पुरुषत्व की निशानी है। फिर मैं तुमको छोड़ कर कहीं जा नही रहा हूँ। बात आई गई हो गई। वह माँ, पत्नी, बेटी की भूमिका अच्छी तरह निभाती रही। अरु अपनी हरकतों से बाज नहीं आता। बिना किसी वजह ही आरोपों की झड़ी लगा देता। अपने इन्स्ताग्राम, फेसबुक अकाउंट सभी जगह टु पा को ब्लॉक कर रखा था। क्योंकि अक्सर उसके आवारागर्दी की कुछ तस्वीरें वहाँ दिख जाती थीं, जो दोनों की झगड़े की वजह बन जाती थी। टु पा गुस्से में कहती, तीन बच्चों को पालना आसान नहीं है। सारा दिन इनके पीछे भागते-भागते थक जाती हूँ। अरु तुम जानते थे कि मैं कमजोर हूँ, तीसरा बच्चा नहीं झेल सकती थी, लेकिन तुमको तो बेटा चाहिए था, शायद तीसरा बच्चा न होता तो मुझे ये दवायें न खानी पड़ती। अरु कहता, यह दवाइयाँ तु हारे पागलपन की है जो तुम रात के संन्नाटे में अपनी उन अँधेरी परछाइयों से बातें करती हो। वो कहती, तो

क्या करूँ, तुम कभी क्यों नहीं सोचते मुझे तु हारी जरूरत है। तुम कई कई दिन घर के बाहर रहते हो। तुम कब आओगे, कब जाओगे मुझे कुछ नहीं पता होता। तुमसे संपर्क करने की कोशिश करो तो तु हारा फोन बंद आता है। महीने में चार दिन घर पर रहते हो, बाकी के दिन कहाँ रहते हो कुछ नहीं पता होता। बीवी बच्चे मर गये या जिंदा है, तु हें कोई मतलब नहीं। तंग आ गई हूँ, आखिर तुम सुधरते क्यों नहीं? मेरी भी कुछ जरूरतें हैं। पैसा ही सब कुछ नहीं होता। अरु कहता, क्या सारा दिन तु हारे पल्लू से चिपका रहूँ। नौकरी भी न करूँ। मैं अच्छे से जानती हूँ अरु, तुम नौकरी की आड़ में क्या कर रहे हो। इस तरह के झगड़े रोज ही होते थे। अरु को अपनी सुंदरता व पैसे पर गुमान था। वह पैसे व सुन्दरता से वो हर वाहिश को पूरा करना चाहता था,जो टु पा को हमेशा बेवजह लगीं। वह बात बात पर टु पा को नीचा दिखाता और जलील करता। इसी तरह लड़ते-झगड़ते समय बीत रहा था। टु पा कहती तुम ज़िन्दगी को सींगों से पकड़कर अपनी इच्छा अनुसार चलाने में विश्वास रखते हो। लेकिन मुझमें तु हारी तरह हि मत और समझदारी नहीं है। मैं भीड़ का हिस्सा हूँ, भीड़ से अलग नहीं। उनके बीच अक्सर ऐसे झगड़े होते रहते।

नवंबर की जाती और दिसंबर की आती सुबह कुछ ज्यादा ही खुशनुमा गुनगुनी होती है। कुहासे में धीरे-धीरे समाती सुनहरी किरणें, वह जिद्दी कुहासा बहुत देर तक टिक न सका। उन सुनहरी किरणों में पूरी तरह समा गया। दोनों बहने लॉन में कुर्सियों पर टांग पसारे बैठी थीं। पास ही एक कुर्सी पर अधछिले मटर पड़े हुए थे। वो आपस में बतियाते हुए बच्चों को हिदायत देना न भूलती। थोड़ी दूर पर तीनों बच्चे खेल रहे थे। वह आपस में बार-बार कुन्नो से कहती तु हे अपने भाई बहन का ध्यान रखना है। टु पा एक बात पूँछू, तु हारी तो एक तरह से लव मैरिज थी, पर इतना टकराव क्यों? टु पा दूर कहीं गगन को निहारते हुए बोली, तारा, आकर्षित होना और चाहने में बहुत थोड़ा किंतु गहरा अंतर होता है। एक ही सिक्के के दो पहलू हैं। अरु को मुझसे प्यार कभी नहीं था। वह तो बस मेरी तरफ मेरी सादगी से आकर्षित हुआ था। मुझे पाना उसकी जिद भर थी। ऐसी लड़की से शादी करना चाहता था जो उसकी लाइफ में दखल अंदाजी न करें। इसलिए मुझ जैसी सीधी-साधी गाँव की लड़की पसंद आई। जानती हो तारा उसका कहना है, मैं बिस्तर में एक जिंदा लाश होती हूँ। मुझ में कोई फीलिंग ही नहीं है। अब उसे किस तरह समझाऊँ, जब मैं बिस्तर पर होती हूँ तो उसके साथ कहाँ होती हूँ, मेरे साथ होती हैं वह तमाम लड़कियाँ जिनका अरु के साथ अफेयर होता है और वो भी मेरे साथ कहाँ होता है। वो मेरे शरीर के अलग अलग हिस्सों को स्पर्श करते हुए वो अलग अलग अपनी तमाम लड़कियों में खो जाता, उस क्षण उस पल हम दोनों को एक होना चाहिए। तब टु पा कहीं नहीं होती। चरम उत्तेजना के उन पलों में उसके लबों पर उन

सब का नाम होता जो उस समय उसके दिल में होते। शरीर मेरा होता और फीलिंग्स किसी और की। हम एक ही कब्र में लेटीं दो रूहों के समान थे, जिनकी ज़रा सी हरकत पर उनमे खलल पड़ जाती थी। इससे गहरी पीड़ा और वेदना क्या होगी।

वह ज्यादातर घर से बाहर ही रहता। लेकिन जब कोरोना में लॉक डाउन में उसे घर पर रहना पड़ा तो परेशान हो गया। बात बात पर चिल्लाता, गुस्सा करता, कई बार तो बच्चों को मारता भी, हर समय किसी से फोन पर बात करता रहता, या फेसबुक, इंस्टाग्राम में लगा रहता। लोक-डाउन में सारा इंतजाम मैं खुद करती रही। सब्जी से लेकर दूध लाना, राशन लाना सारे काम मैं खुद अकेले करती थी। बच्चों के ऑनलाइन क्लासेस, क्लासेस को मैनेज करना कहाँ आसान होता है। यह दोनों बहुत छोटे हैं। मुझे दोनों के साथ बैठकर ऑनलाइन क्लासेज करानी होती थी। अरु ये सब कुछ मजे से बैठे देखता था। उसका दिल कभी नहीं पसीजा। तारा तुम ही बताओ क्या फायदा ऐसे कुंडली मिलान का। याद होगा तु हें, पंडित जी बोले थे बत्तीस के बत्तीस गुण मिल रहे हैं। ख़ाक मिल रहे हैं, यहाँ तो एक गुण भी न मिला। ज़नको बोलो तो चाँद और सूरज की दशा समझाने लगते हैं। हमारा बस चले तो हम उस पंडित और पत्रा बनाने वाले से पूछे, बता तेरे गृह और बतीस गुण कहाँ घुस गये। सब धंधा बना रखा है। जानती हो ऐसा क्यों है? सारे के सारे शास्त्र पुरुषों द्वारा लिखे गए हैं, और पुरुषों की ही सुख सुविधा के अनुसार गढ़े और उनके वर्चस्व का याल रखते हुए लिखे गए हैं। पुरुष होकर स्त्री की वेदना समझना अस भव है। कोई भी हमारे धार्मिक ग्रन्थ किसी स्त्री द्वारा लिखे गए हैं? काश ये सब ग्रन्थ किसी महिला के द्वारा लिखे गए होते तो स्त्री की सहूलियत का भी ध्यान रखा गया होता। हमारे समाज में परिवार, विवाह पर खड़ा किया जाता है। जबकि परिवार प्रेम पर खड़ा होना चाहिए। दो लोगों को रिश्ते में बाँध देने से जरूरी नहीं प्यार हो जाए। बल्कि सच्चाई यह है कि वह आपस में बँधा हुआ महसूस करते हैं, आपस में प्रेम कभी नहीं कर पाते।

समय के साथ अरु की आवारागर्दी सौ डिग्री पार कर गयी थी। अरु की आवारगी का पागलपन अब भाप बन के उड़ना शुरू हो गया था। बाप के सामने बच्चे मामूली से बिस्किट के लिए रोते रोते सो जाएँ या खुद को समझाएँ कि पापा जब म मी को पैसा देंगे तब हम खूब बिस्किट खाएँगे। आँखों में ममता झलक आई। मेरा चार साल का छोटू इतना समझदार हो गया। ऐसा ही होता है जब प्रेम रिक्त बच्चे जन्मते हैं और प्रेम से रिक्त हवा में पाले जाते हैं। लेकिन मैं इन अभागों की माँ हूँ, मैं बाप की तरह नहीं हो सकती। माहौल काफी तनावपूर्ण हो जाता है। तारा सबका मूड ठीक करने के लिए कहती है, मैं तु हारे लिए इलाहाबाद की फेमस दुकान सुलाकी लाल से गाजर का हलवा लाई हूँ। माँ कह रही थी तुमको बहुत पसंद

है। बहुत देर हो गई बच्चे भी थक गए होंगे चलो चलते हैं। वह हलवा गर्म करने लग जाती है। फिर गरमा गरम हलवा खाया जाता है। तारा कहती है माँ सिविल लाइन के हनुमान जी के मंदिर गई थी, मन्नत माँग कर आई है, सब ठीक हो जाएगा। तारा क्या तु हे अभी भी लगता है ऐसा कुछ होगा? असंभव है...। तुम भी सब जानती हो, तीन महीने होने को आए, न वो घर आया है न ही फोन करके बच्चों के हाल लिए हैं। मुझे तो यह भी नहीं पता कि वह लखनऊ में या कहीं और। कोरोना के चलते वर्क फ्रॉम होम का फायदा उठा रहा है। मेरा फोन तो उठाने का सवाल ही पैदा नहीं होता।

ऑनलाइन क्लासेस में बच्चों को फोन से दूर रखना असंभव है। एक दिन स्कूल से मैम का फोन आता है, आपकी बेटी क्लासेस क्यों नहीं अटेंड कर रही? वह सकते में आ जाती है। वह तो अभी भी क्लास ही अटेंड कर रही है। मैंने उससे फोन लेकर चेक किया। स्कूल के बच्चों का व्हाट्सएप ग्रुप था। जो संभवत: पढ़ाई संबंधी समस्याओं के लिए बनाया गया होगा। लेकिन उसे बच्चे आपस में बड़ी बेहूदा बातें कर रहे थे। उनकी चैट को पढ़ने के बाद उसके होश ही उड़ गए। बच्चों ने आपस में कोई लिंक शेयर कर रखी थी। उसको क्लिक करते ही पोर्न वीडियो चालू हो गया। वह तो अपनी चौदह वर्ष की बेटी को बच्ची ही समझ रही थी। कैसा समय है, बच्चे समय से पहले जवान हो रहे हैं। उसने बेटी को प्यार से समझाने की कोशिश की, उसने समझना तो दूर उल्टे माँ से बोली, माँ समय बदल रहा है, जिन चीजों को तुम बुरा मानती हो, वह आज के समय में बहुत मामूली सी है। पता नहीं क्यों, तुम बात बात पर घर सर पर उठा लेती हो, तु हारी वजह से पापा भी शायद इसीलिए घर नहीं आते। आप इलाहाबाद लखनऊ से कहीं आगे बढ़ी नहीं हो। तुमने लखनऊ और इलाहाबाद से आते जाते या तो गरमी में डामर से पिघली सड़क और उस पर बन रही मरीचिका को महसूस किया या बरसात में कीचड़ से भरे गड्ढे या ठण्ड में कोहरे से ढकी सड़कें। लेकिन तुमने सड़कों के किनारे लहलहाते सरसों के खेत की खुशबू कभी महसूस नहीं की। टपरी से बनी दुकानों को आधुनिक होते नहीं देखा। कोहरे में उतने ही कदम चली जितना देख पायी, तुम कभी रोशनी के कतरों को तलाशती या उगती किरणों को ढूँढती। तुमने स्वत: उस कोहरे से आगे बढ़ने की कोशिश नही की। तुम बस इंतज़ार करती रही। आप अगर समय के साथ अपने को बदलती रहतीं, तो आप यूँ हालातों से न लड़ रहीं होतीं। आप ने हमेशा अपने को बदला, हालातों को बदलने की कोशिश कभी नही की। आप एक कमजोर माँ हो। लैपटॉप ऑंन करती है और पापा की फेसबुक आईडी खोलकर उसमे लगी फ़ोटो माँ को दिखाती है। लैपटॉप की ओर मुँह करके बोली आप बदलती तो पापा लिव-इन में न रहते। टु पा कुन्नो की बातें सुनकर शब्दहीन

हो गयी। उसकी आवाज अंदर की तरफ भिंच गयी। स्वर में तल्खी लाते हुए बोली, तुझे ये सब कैसे पता? माँ आप भी गजब करती हो। मै पापा के लैपटॉप में ऑनलाइन क्लासेज करती हूँ। मैंने पापा का फेसबुक खोल कर देखा और उसमे पापा ने लिव-इन का स्टेटस लगा रखा है। फिर पापा की प्रोफाइल पिक पर एक लड़की की फोटो टु पा को दिखाती है। यह देखो कितनी सुंदर है और खराब सा मुँह बनाकर कहती है, एक आप को देखो। टु पा को लगा कि वो एक अंतहीन कुएँ में धँसती जा रही थी। दिमाग की नसे सुन्न हो गयीं। एक बारगी उसे कुछ नही सूझा। बेटी के मुँह से निकले इन शब्दों का उसे जवाब सूझता, बिना कुछ बोले वह अपने बेडरूम में चली जाती है। सोचती है.... बात और बिगड़े इससे पहले फैसला लेना होगा। अब बच्चों पर उनकी बुरी आदतों का असर दिखना शुरू हो गया था। वह पड़ोस में रहने वाली सरिता भाभी नहीं बनना चाहती थी। सरिता भाभी ने अपने पति से तलाक तो लिया लेकिन उनके दोनों बच्चे अपनी मनमानी करते हैं। माँ को सिर्फ़ खाना बनाने वाली समझ के रह गए। माँ को बेइज्जत करते रहते हैं। वह बेचैन हो जाती है कि मुझे सरिता भाभी नहीं बनना। मेरे बच्चे एक अच्छे इंसान ही बनेंगे मैं उन्हें रास्ता दिखाऊँगी। शायद ये कोरोना न होता, न स्कूल बंद होते, न ऑनलाइन क्लासेज होती, तो वो आज भी अरु लिव-इन वाली बात से अनजान होती। कोरोना ने जहाँ लाखों घर उजाड़ दिए वहीं बहुतों के चेहरो से नकाब भी उतार दिया, क्योंकि जब आप ज्यादा समय एक दूसरे के साथ रहते हो तो एक दूसरे को बेहतर समझने लगतें हैं। अरु ने फेसबुक पर अपना रिश्ता खुले आम स्वीकारा हुआ है। ये याल आते ही टु पा को ऐसा लगा मानो सूर्य को काले घने बादलों ने ढक लिया हो, मानो खिला-खिला सुहाना मौसम अचानक ही उदास और वीरान पतझड़ में बदल गया हो। उसी क्षण वह अरु से अलग होने का डिसीजन ले लेती है।

कैसे अरु उससे धीरे-धीरे दूर होता चला गया। हर एक काम में बेवजह कमियाँ निकालने लगा। वह हर संभव कोशिश करती, लेकिन सारी कोशिश खारिज होती जा रही थी। टु पा सोंचती वह स्त्री सुलभ शालीनता के सभी बाहरी लक्षणों में दक्ष क्यों नहीं है? तब शायद अपना घर बचा पाती। लेकिन कब तक..? वह एक बीहड़ और अनजान धुंध से घिरती जा रही थी। उसके चारों तरफ इतनी धुंध थी, अपने हाथों को भी नहीं देख पा रही थी। उसके कदमों के नीचे की जमीन फिसलन भरी थी। बड़ी मुश्किल से किसी तरह संतुलन बनाए हुए थी। एक डरावनी निस्तब्धता भरा, वह किसी साए की तरह उस धुंध में धँसती जा रही थी, भूखी प्यासी घबराई, ठंड से बुरी तरह ठिठुरती हुई, लेकिन गले से आवाज नहीं निकल रही थी। घने कोहरे में कुछ अदृश्य हाथ उसके पल्लू की तरफ बढ़ रहे थे। वह जमीन में गहरे धँसती चली जा रही थी। उसे लग रहा था वह सीता की तरह धरती माँ की

गोद में समा रही है। यह स्वर्ग लोक का रास्ता है। अब सारी मुसीबतें दूर हो जाएँगी। चारों तरफ फैली धुंध में वह अपने हाथों को फैला देती है। दूर कहीं खड़ी सीता मुस्कुराती है। अचानक उस पर बेहोशी छाने लगती है। धुंध के पार अरु और बच्चे खड़े हुए हैं। वह धँस रही है। वह मदद को हाथ उनकी तरफ बढ़ाती है। वह अट्टहास हँसते हैं। हवाओं में शब्द तैरते हैं। राम को मर्यादा पुरुषोत्तम बनाया किसने। हम औरतो ने। मंदिर जाकर दिया आरती किसने की.. हम औरतों ने, और फिर अचानक दु:ख-स्वप्न टूट जाता है। उसने तारा को अपने ऊपर झुका पाया। जो उसे जोर जोर से झकझोर रही थी। इस तनाव और चिंता ने उसकी सेहत पर गहरा असर डाला। वो दुबली और पीली पड़ती जा रही थी। अरु की तरफ लौटने के लिए अब न कोई सड़क न पगडंडी बची थी। वह दुनियाँ ही नहीं रही थी जहाँ वह उन जुपिटर के बहत्तर चाँद में अपने अरु को देखती थी। भले ही उनके विचार अलग-अलग थे। पर वह उस से प्रेम करती थी। उसका यूँ मुँह फेर लेना उसकी आँखों का दूसरी तरफ मुड़ जाना, उसके लिए सूर्य अस्त होने की तरह था, वह उसको कंधे से झिझोड़कर उसका चेहरा अपनी तरफ घुमाना चाहती थी। वह उसकी बाँहों में सिमटना चाहती थी। वह चाहती थी अरु समझे वह कोई सपनों की छाया मात्र नहीं है, रक्त माँस की बनी है। उसके अंदर भी एहसास बाकी है। लेकिन अगले कुछ क्षणों में उसकी गर्लफ्रेंड का चेहरा घूम जाता है। कल ही उसने अरु की अलमारी को टटोलना शुरू किया। शायद कुछ जानकारी मिल सके। ऊपर खँगालने में कुछ नहीं मिलता, तभी अचानक शर्ट के बीच से एक पैकेट गिरता है, जिसमें ढेरों बिल रखे होते हैं। अरु अक्सर अपने बिलों को सहेज कर रख लेता था। उन्हीं बिलों में से कुछ बिल ऐसे मिलते हैं जिसमें उसे नई कार खरीदने का बिल होता है, और भी कई मँहगी शॉपिंग के बिल होते हैं। सारी कड़ियाँ खुलती नजर आ रही थी। अरु को चार महीने से तन वाह मिली थी। वह लॉक डाउन का बहाना करके अपने कर्मों को छुपा रहा था। कैसा बाप था... ? उसके सामने ही बेटे का नाम स्कूल से कटवा देती है और दो बच्चों की फीस के लिए प्रिंसिपल से गुहार लगाती है। पति के पास प्रेमिका के खर्चे उठाने के पैसे थे। बच्चों की फीस भरने के लिए नहीं... तंग आ गई वह बुरी तरह, कैसा इंसान है... ? बच्चों की परवाह भी नहीं। अगली सुबह वो तारा से कहती है अमीनाबाद जा रही है। सोचा बच्चों के लिए कुछ कपड़े वगैरह ले आएगी और वहीं नक्खास में रह रहे अरु के दोस्त से मिलकर फैमिली कोर्ट में तलाक की अर्जी लगा देगी। जब उसने अरु के मित्र से मिलकर तलाक का जिक्र किया तो वह बोला मेरे ताऊजी वकील है, मदद चाहिए हो तो बताना। वह उसके साथ वहाँ पहुँचती है। फैमिली कोर्ट में तलाक की अर्जी देती है। टु पा और अरु दोनों की मर्जी से दो साल पहले लिखित करारनामा होता हैं, जिसमें लिखा होता है कि दोनों अपनी मर्जी से

अलग हो रहे हैं। उसमें दोनों के साइन होते हैं। अब टु पा को डर होता है कि अरु अपने मन मुताबिक उस लिखित करारनामे में रकम डाल सकता है। और यही हुआ। वकील का कहना था कि आप को साइन करने से पहले लिखी हुई रकम को देख लेना था। खैर जो भी हुआ....। अब समस्या यह थी कि तलाक का नोटिस भेजे कहाँ..? क्योंकि उनके पास उसका कोई स्थायी पता नहीं था। फिर सोचा द तर के पते पर भेजते हैं। उधर अनलॉक होने के बाद कोरोना की दूसरी लहर भी थम सी गई थी, भागदौड़ करना आसान हो गया था। लेकिन एक नई समस्या पैदा हो गई थी, किसान अपनी माँगों के चलते, इस ठंड में विधानसभा के बाहर धरने पर बैठे हुए थे। उनका यह प्रदर्शन दिल्ली में चल रहे किसान आंदोलन के समर्थन में था। रास्ता पूरी तरह जाम था। वह ऑटो में काफी देर उस भीड़ में फँसी रही। तभी एक फोन आता है। फोन उसके मकान मालिक का था। उनका कहना होता है आपके पति ने कहा है कि आप दोनों का डाइवोर्स हो गया है। इस महीने से किराया आप ही देंगी। वह उनसे थोड़ा वक्त माँगती है। अब वक्त तो चाहिए ही था। वह तो तलाक देने की सोच रही थी। अरु ने पब्लिकली तलाक दे ही दिया। मकान मालिक भले आदमी थे। वह समझ गए कि बेसहारा औरत इतना किराया कैसे देगी। दो महीने का वक्त देते हैं मकान खाली करने को। वह उन्हें अपने जवाब से संतुष्ट कर देती है। लेकिन फोन रखते ही इतने दिन से भरी रुलाई फूट पड़ती है। कहती है मैं कहाँ जाऊँ क्या करूँ, कुछ समझ नहीं पा रही हूँ। पहले क्या कम मुसीबतें थी जो एक और आ गई। तभी किसानो का मोर्चा आगे बढ़ जाता है और उन्हें रास्ता मिल जाता है। दोनों घर पहुँचते हैं। अरु का दोस्त और तारा उसे समझाते हैं, अरु का दोस्त कहता है मेरे मकान का एक पोर्शन खाली है, जब तक कोई और इंतजाम नहीं होता, तुम बच्चों को लेकर वहाँ शि ट हो जाओ। आप परेशान मत हो, महीने के अंत तक मकान शि ट कर लेंगे। तब तक मामला कोर्ट में ओपन हो जाएगा। दूसरे दिन अचानक अपने गर्म कपड़े लेने अरु घर आ धमकता है। बच्चे बाहर खेल रहे होते हैं। वह बच्चों से कहता है म मी से कहो दरवाजा खोलें। खुश होकर बच्चा चीखता है। म मा पापा आए हैं। पापा की तरफ भागकर जाता है।

"पापा पैसे देने आए हो...?"

"म मी बहुत परेशान है..।"

वह बच्चों से प्यार से बात भी नहीं करता। बस दरवाजा खोलने की जिद करता है। मुझे अंदर आने दो, मुझे अपनी जरूरत का कुछ सामान लेना है, लेकिन इस दौरान एक बार भी बच्चों से मिलने की बात भी नहीं करता। टु पा गेट तक आती है और कहती है अब जो कुछ भी चाहिए अदालत में माँग लेना। शर्म नहीं आती...? क्या मुँह लेकर आये हो इस घर में। इन बच्चों में तु हारा खून नहीं,

डी.एन.ए दौड़ रहा है। तुम मुझे पैसे दो जिससे मैं घर चला सकूँ। बहुत हो गई तु हारी मनमानी।

तुम बच्चों को मेरे घर भेज दो मेरे माँ-बाप उन्हें पाल पोस देंगे। मुझे तु हारी जरूरत नहीं है।

टु पा.... हाँ जिससे मेरी बेटी नौकरानी बन जाए। एक बात कान खोलकर सुन लो। बच्चे मेरे साथ रहेंगे, पैसा तो तुम दोगे ही और वही दोगे जो मैं चाहूँगी। मैं भी देखती हूँ तुम क्या करते हो? बहुत बहस करने पर भी टु पा गेट की दहलीज नहीं पार करती। वह चला जाता है। थोड़े से जो अवशेष रह गए थे रिश्तो के, वह भी बिखर जाते हैं। महीने के अंत में तारा और अरु के दोस्त की मदद से मकान शि ट करती है।

तारा के जाने के बाद एक दिन माँ बिना किसी सूचना के आ जाती है। वह सोचती है, अच्छा है जल्दी ही कोर्ट की तारीख मिलने वाली है। माँ के रहने से मुझे बच्चों की फिक्र नहीं होगी। आने वाले महीने की बीस तारीख को फैमिली कोर्ट में हाजिर होना है। माँ कहती है, बेटा अभी भी वक्त है यह फैसला बदल लो। अपने हाथों अपनी गृहस्थी उजाड़ना कहाँ की अक्लमंदी है। कुछ सालों में सब कुछ ठीक हो जाएगा। माँ सारे दिन कुछ न कुछ बोलती रहती। वह माँ की बातें मौन होकर सुनती रहती। इस उम्र में भी माँ के खिलाफ जाने में उसे हि मत बटोरनी पड़ रही थी। आस पास का कोई काम होता तो वो अरु के दोस्त के साथ चली जाती। उस दिन बैंक में कुछ जरूरी काम था। लखनऊ में हजरतगंज की तरफ से आने का मतलब है तेलीबाग में घंटो जाम में फँसना आम बात है। घर आते रात हो गई। अरु के दोस्त ने गाड़ी खड़ी की और अंदर चला गया। टु पा भी साइड के बने दो कमरों की ओर बढ़ गई जो आजकल उसका आशियाना था। दो कमरों में बेतरतीब सामान ठूँसा हुआ था। किसी तरह सोने की जगह बनाई गई थी। किसी की नींद में खलल ना पड़े वह सँभाल कर आती है और हाथ-मुँह धोने चली जाती है। मुँह पोंछते हुए तौलिया जैसे ही चेहरे से हटाती है, देखती है माँ सामने खड़ी है। ओह माँ.....! तुमने तो मुझे डरा ही दिया था। यह सब क्या है? माँ कहती है। एक तलाकशुदा मर्द के साथ सारा दिन बाहर रहती हो। यह कोई शरीफ औरतों के घर आने का समय है। माँ, बैंक का काम था, तुम अच्छी तरह जानती हो मै यह सब काम अकेले नहीं कर सकती। माँ बिफरते हुए बोली, जरूरत भी क्या है? क्या तु हें इस समाज की परवाह नहीं। माँ मुझे फर्क नही पड़ता, यह लोग मेरी परेशानी में मेरे काम नहीं आयेंगे। तुम मेरे साथ हो यही बहुत है। मैं तेरे बारे में कभी गलत नहीं सोचूंगी। कल तारा का फोन आया था। अरु अपनी माँ से बात कर रहा था। उस लड़की से उसका ब्रेकअप हो गया। कमाल करती हो माँ, आत्मस मान भी कुछ है या नहीं। माँ तु हारे

ही संस्कार थे जो इतने सालों से इस रिश्ते को ढोने का हरसंभव प्रयास कर रही थी, समाज मुझे ही कहेगा उसे कुछ नही कहेगा जो हर मर्यादा को पार करके भी, बेख़ौफ़, बेरोकटोक घूम रहा है। अगर तु हारे समाज ने उसे दोषी करार किया होता तो शायद यह सब करने से पहले उसे समाज का डर होता। समाज की व्यवस्था का ठेका स्त्रियों ने ले रखा है। पुरुषों के लिए लक्षमण रेखा क्यों नही? स्त्री की अपनी कोई आत्मा नहीं? विचार नही? आवाज नहीं? वह स्त्री के साथ क्या कर रहे हैं? तो मुझे भी अब ऐसे समाज की परवाह नही।

माँ ये एक परिवर्तन का वक्त है, एक बदलाहट का वक्त है, लेकिन अगर हम इस बदलते वक्त में वही गलती करेंगे तो कोई फर्क नहीं रह जाएगा, वही भूल फिर हो जाएगी। स्वभावत: अगर मैं उसके जैसी हो गई तो यह घर मिट जाएगा, घर खत्म होकर सिर्फ़ मकान रह जाऐगा, क्योंकि घर बनता है एक स्त्री के व्यक्तित्व से, वह खो गया तो वह पुरुष जैसी हो जाएगी। वो पुरुष जैसी कलह करे, विवाद करे, झगड़े करे तो उसमें और मुझमें फर्क क्या रह जाएगा? अगर स्त्री, पुरुष होने की दौड़ में पड़ गई तो उसका अपना व्यक्तित्व खो जाएगा। अगर स्त्री पुरुषों जैसा होने की कोशिश करेगी, इसका अर्थ है कि उसकी श्रेष्ठता को स्वीकार लिया। कल तक पति के रुप में श्रेष्ठता स्वीकार करती थी। आज उसकी छाया बन कर, तो सुपीरियर तो वही हो गया न, हमारे पास भी अपना व्यक्तित्व है, जो पुरुष से भिन्न है। बहुत विरोधी, बहुत अलग, कुछ दूसरा। मेरे जीवन की सारी सुगंध उसके अपने होने में है। अगर वह अपनी निजता की बिंदु से च्युत होता है तो पुरुष होने की दौड़ में लग जाएगी। मुझे छाया नहीं बनना। अब मेरी जीत मेरे होने में है।

दशकों बाद सैटर्न जूपिटर बहुत करीब लगभग एक साथ होंगे। तभी फोन पर रिंग आती है। स्क्रीन पर अरु का नाम ब्लिंक करता है। अरु के नाम के आगे लगा स्माइली वाला दिल जोर-जोर से उछलने लगता है। टीवी पर न्यूज़ चल रही होती है। जिसमें रिपोर्टर बोलता है सालों बाद ऐसा दृश्य देखने को मिलेगा जब जूपिटर और सैटर्न फिर से मिलेंगे। वह हेलो करती है। अरु बहुत फिक्रमंद आवाज में बोलता है, टु पा वह घर क्यों छोड़ दिया मैंने किराया दे दिया था। मकान मालिक का फोन आया था। तुमने मकान छोड़ दिया। वह बोली यदि तु हें पैसा देना ही था तो पहले किराया देने से क्यों मना किया। खैर... मुझे दया नहीं अपना अधिकार चाहिए। तुम मेरे लिए जुपिटर के तिहत्तरवें चाँद हो, शुष्क, बेजान, बर्फ के मानिंद कठोर... फोन काट देती है।

अँधेरों की परतें

अँधेरों की भी अपनी एक रोशनी होती है। जहाँ उजाले खत्म होते हैं, जरूरी नहीं कि अँधेरों की शुरुआत हो। उजाले हैं तो मुमकिन है कि अँधेरे भी होंगे। दुआए हैं तो बददुआये भी, ईश्वर है तो शैतान भी....। अँधेरे की अनसुलझी परते भी। रोशनी की परतों को खोजना आसान है, तो उतना ही मुश्किल है अँधेरों कि परतों को उधेड़ पाना। रोशनी के मायने है, तो अँधेरों के मायने और भी गहरे हैं क्योंकि इनके कई अनसुलझे राज आज भी मौजूद हैं।

...वे सोने ही वाले थे, जब अपने घर की तरफ आते खड़ंजा वाले रास्ते पर किसी के कदमों की आहट सुनी। तभी कुत्ता भौंका। उन्होंने थोड़ा सा दरवाजा खोलकर बाहर की तरफ झाँका, पीली गोलाकार रोशनी जो गुलमोहर के पेड़ों की चोटी पर चमक रही थी, उस रोशनी में उन्होंने देखा कि क़दमों की आहट उनके मित्र रामलाल शुक्ल की थी। रोशनी सीधी उनके चेहरे पर पड़ रही थी। अजीब बात...! मै तो इनसे इतने सालों से संपर्क में नहीं था, फिर इनकी यहाँ आने की क्या वजह हो सकती है? उसने थोड़ा सा दरवाजा खोला ही था, ठंडी हवा ठुनकती हुई भीतर ड्राइंग रूम में चारों तरफ फैल गई। वह अंदर आए और कुर्सी घसीट कर बैठ गए, फिर बिना किसी भूमिका बनाए बोले, मैं हाल ही में गंगटोक गया था, वहाँ आपके बेटे कौशिक से मेरी अचानक मुलाकात हुई। मैं अपने पैकेज टूर के बारे में कुछ जानकारी लेने वहाँ के हेड से मिलने गया था, हम दोनों की बातों में कानपुर शहर का जिक्र आते ही उसी आफिस में एक कोने में बैठी किसी काम से आयी एक लड़की उठकर हमारे पास आती है और बीच में ही बात को रोककर बड़ी सज्जनता के साथ बोली, क्या आप कानपुर से हैं? कानपुर का नाम बोलते वक़्त उसके चेहरे पर ख़ुशी झलक उठी। मैं आश्चर्य से बोला, हाँ। फिर वो बोली, आप तो मेरी ससुराल से हैं, मुझे थोड़ा आश्चर्य हुआ। बातों के जरिये पता चला कि वो तु हारे बेटे की पत्नी जेनी है। जेनी नाम सुनते ही मैं समझ गया कि तु हारे जैसा जाँत पाँत मानने वाले आड बरी पुरुष ने उसे बहू के रूप में कैसे स्वीकारा होगा? मैंने उससे पूँछा तुम

कानपुर कब गयी थी? तो वो उदास हो गयी। उदास होकर बोली, मैं एक क्रिश्चियन परिवार से हूँ। कौशिक से मुलाक़ात कॉलेज के दौरान हुयी। जब हमने कई सालों की इस दोस्ती को रिश्ते का नाम देना चाहा तो कौशिक के पापा को मेरे क्रिश्चियन होने से एतराज़ था और इधर मेरे घर पर मेरे माता पिता का देहांत बचपन में हो जाने के कारण मेरे चाचा ने मेरी परवरिश की थी, तो उनके लिए अच्छा था कि मैं उनसे पीछा छुड़ा लूँ। इस सारी दुनिया में एक कौशिक ही था जो मेरे साथ था। हमने उनसे बिना बताये शादी कर ली, इसलिए कौशिक आज तक हि मत नहीं जुटा पाया, माँ पापा से मिलने की। और हम आज तक उनसे नहीं मिले। एक गहरी साँस खींचते हुए बोले, बहुत प्यारी लड़की है, मुझे तो एक बार भी नहीं लगा कि किस जाति की है। उसने मुझे कौशिक से भी मिलवाया, उनका प्यारा सा छोटा सा बच्चा भी है। फिर उनकी तरफ मुखातिब हो बोले, तुम उनसे नाराज हो क्योंकि उन्होंने बिना बताये शादी कर ली। वो शायद इसलिए कि वो बच्चे थे और तुमसे डर गए होंगे। कम से कम तु हे तो समझना था। यार...! बच्चे गलत हो सकते हैं, माँ बाप नही। तुम अपने उम्र के अनुभव से इस बिगड़ती बात को सुलझा सकते थे।

यार अब तो गुस्सा छोड़ दे, जमाना कहाँ से कहाँ आ गया है और तू अपनी ऊँची जात को लिए बैठा है। अब तो समझदारी से काम लो। अब बच्चों को माफ़ कर दे और उनसे बात कर। अपनी नहीं तो भाभी के बारे में सोच। क्या उसे अपने इकलौते बेटे की याद ना आती होगी? राम लाल के जाने के बाद, एक गहरी साँस खींचते हुए अपनी आँखें बंद कर लेते है। एक पल को लगता है जरा भी ताकत होती तो किसी कुएँ में कब का डूब गया होता। उनके जिस्म में हताशा के बड़े-बड़े बुलबुले उफनने लगते हैं। जैसे घाव पर नमक डाले जाने पर शरीर, दिमाग से निकलती अँधेरों की लहरों के आगे हार मानने लगता है। खुद को एक अंतहीन गड्ढे में गिरता महसूस करते हैं। दर्द से बोझिल उनका दिल बेकार ही संघर्ष करता रहा, उनकी आत्मा में एक भी दरार नहीं बचती है। उनकी पलकों से टपकती अँधेरे की हर परत एक गर्भनाल की तरह उसे अपने बेटे की दुनिया से काटती जा रही थी। दिनों दिन जो दीवार की पंक्तियाँ ऊँची होती चली गई थी, आज इतने दिनों बाद बेटे बहू के जिक्र पर वह जज्बातों और प्यार की बरसात से भरभरा कर गिर पड़ती हैं, जहाँ अब तक वह सिमटा और धड़कता हुआ पड़ा था। सामने दीवार पे लगी बेटे की फ़ोटो धुंधली नजर आने लगती है। पत्नी अंदर बेडरूम में कुछ काम कर रही होती है। उसके जाने के बाद वह अंदर आते हैं और अपना फ़ोन ढूँढने लगते हैं।

''सरला मेरा फोन कहाँ है?

सरला.... ''अरे वहीं होगा, जहाँ रखा होगा।''

"कभी कोई सामान ठीक से रखा हो भला।"

खैर...!!! और कोई दिन होता तो लड़ने के लिए यह वजह काफी थी। लेकिन आज बहुत खुश थे दोस्त के मुँह से पोता की बातें सुन उनके मन के सभी गिले-शिकवे दूर हो गए थे। पोते का याल आते ही नरम मुलायम कोमल एहसास होने लगा, हँसते मुस्कुराते बच्चे का चेहरा जेहन में उभर आया, हाथ स्वतः ही उसे बाँहों का झूला झुलाने लगे। पत्नी ने यूँ हाथ हवा में लहराते देख मुस्कुराते हुए इशारे से पूँछा, क्या हुआ?

पत्नी के पास सरक पर उसी पलंग पर बैठ गए। फिर उसका चेहरा देखते हुए बोले, कौशिक की माँ .., क्या कौशिक से बात करोगी..? वह अचंभित हो देखने लगी। उसे तो लगा था, कि वो सदा के लिए उस उदास गंदले नारंगी सूरज की प्रकाशित रोशनी के गर्त में ही रहने को अभिशप्त है। अभी जो कुछ सुना उस पर भरोसा नहीं हो रहा था। जिस गठिया के दर्द को लेकर वह बिस्तर में पड़ी रहती थी, एक-एक कदम चलना मुश्किल था, आज पलंग से यूँ झटके से उठी जैसे कोई युवती हो और तेजी से अंदर गई। वह कुछ समझते कि वह लौट आयी। हाथ में एक लाल रंग की पोटली लिए लौटी। बोली पहले आप यह धागा खोल दो, वह आश्चर्य चकित देखते हैं। अरे अब देखो नहीं फटाफट खोलो, मैंने मन्नत माँगी थी। जिस दिन बाप बेटे में यह नाराजगी खत्म हो जाएगी, तभी यह गाँठ खुलेगी। वह बिना कोई सवाल किए गाँठ खोल देते हैं। चार साल में सरला ने उनसे कभी बेटे को लेकर वकालत नहीं की। वह बराबर उनकी बात का स मान करती रही और भगवान से बाप बेटे के मिलन की मनौती भी करती रही। बेटे के जाने के बाद हमेशा गुमसुम सी रहने लगी सरला, आज बेहद खुश थी। कुछ ही पलों में लगने लगा उन्हें अपनी पुरानी सरला वापस मिल गई हो। उन्होंने मन ही मन कसम खाई, आज के बाद कभी मेरा अहंकार माँ बेटे के प्यार के दरमियान नहीं आएगा। बिना पल गंवाए बेटे को फोन लगाया। बेटे ने हेलो पापा कहा..., और उनके अंदर का अभागा बाप जाग गया। वह कुछ न बोल सके। वह ज़ार-ज़ार रोने लगे। फ़ोन पर बेटा घबरा गया। पापा आप ठीक तो हो..? हेलो पापा.... हेलो पापा...। पापा आप फ़ोन रखो मैं वीडियो कॉल करता हूँ। स्क्रीन पर बेटे के परिवार को देखकर वह सहसा उम्र के उस पड़ाव पर पहुँच गए जहाँ वह बेटे के बिना नहीं चल सकते थे। ढेरों बातें हुई। गिले शिकवे हुए। माँ बेटे से बोली, अगर पापा ने गुस्से में कह दिया, तू घर से चला जा..., तो तू चला गया। इतनी बात तू कब से मानने लगा था, पापा की..? तूने पलट कर भी अपने माँ बाप का हाल नही पूँछा कि हम लोग कैसे हैं? क्या पापा ने कभी तेरी कोई वाहिश अधूरी छोड़ी है। जिस वक़्त तूने जो माँगा वो दिया। ये तो तेरी ज़िन्दगी का सवाल था। अगर तुझे वो लड़की इतनी पसंद थी तो जिद्द तो करता।

वो अवश्य तेरी इस जिद्द को भी पूरा करते लेकिन पापा को थोड़ा वक्त तो देता, लेकिन वो कुछ समझ पाते, तू तो घर छोड़कर ही चला गया और अपना परिवार बसा लिया। क्या हमें इतना भी हक़ नहीं था कि गुस्सा भी कर सकते। इतनी प्यारी बहू है, एक बार घर लेकर आता तो पापा का गुस्सा वैसे ही उतर जाता, फिर बेटा अपने संस्कार आदमी कहाँ भूल पाता है, बदले हुए जमाने के साथ चलने के लिए और सामंजस्य बिठाने में थोड़ा तो वक़्त लगता ही है।

तभी जेनी बोली....,

"सॉरी.... माँ पापा...., मैं गुनाहगार हूँ, कौशिक तो आना चाहते थे, लेकिन मैं ही डरती थी।"

पापा बीच में बात काटते बोले,

"वाह बेटा जी... आप तो अपनी सास की फोटो कॉपी हो। इस नालायक को बचाने के लिए अपनी गलती मान रही हो।"

दोनों तरफ से आँसू और प्यार की बरसात होने लगी। बेटा हम जल्दी आते हैं।

इधर सब कुछ खुशनुमा हो रहा था और उधर देश में करोना की दस्तक हो चुकी थी। करोना नामक महामारी की चपेट में कई देश आ चुके थे। छुटपुट केस भारत में भी आने शुरू हो गए थे। मार्च का महीना था। पति को बैंक में से छुट्टियाँ नहीं मिल पा रही थी। तय हुआ सरला तुम चली जाओ, मैं नवरात्र तक छुट्टियाँ लेकर पहुँच जाऊँगा। पत्नी की लाइट बुक करा दी। बेटे को फोन कर दिया। बेटा बोला, माँ मैं गाड़ी लेकर बागडोगरा आ जाऊँगा। वह बोली, नहीं तेरे पापा ने गंगटोक तक की टैक्सी बुक करा दी है, तू परेशान मत हो। पहली बार नहीं अकेली यात्रा कर रही हूँ। तू मुझे गंगटोक में मिल जाना। ठीक है माँ.. पर आप टच में रहना। बेटे की फिक्र पर उन्हें गुमान हो आया। पर तभी करोना की दस्तक की वजह से एका-एक लॉक डाउन घोषित हो जाता है। सँभावना तो थी लेकिन अचानक हुए लॉक डाउन से अफरा-तफरी मच गई। बागडोगरा से गंगटोक तक की टैक्सी बुक थी, कोई दिक्कत नहीं हुई, लेकिन जब वह गंगटोक पहुँची तो हमेशा भीड़ से भरा शहर एकदम खाली था। पूरे शहर में सन्नाटा पसरा था। ना ही खाने को कुछ मिल रहा था न ही पीने को, लेकिन पहाड़ में चारों तरफ कुदरती झरने मौजूद थे। उनके साथ तीन-चार फैमिली और थी। क र्यू की वजह से सब एक दूसरे का सहारा बने हुए थे। नेटवर्क भी काम नहीं कर रहा था। उन्होंने बेटे को फोन लगाया लेकिन फोन नहीं लगा। हर बार वही जवाब कि फोन कवरेज एरिया से बाहर है। यह लोग दोपहर के कुछ पहले ही गंगटोक पहुँच गए। कुछ ही समय में वहाँ मौजूद सभी लोगों को उनके परिवार का कोई न कोई सदस्य लेने पहुँच गया लेकिन वह चिंतित

थीं कि उनका बेटा अभी तक क्यों नही पहुँचा। जब आखरी बुजुर्ग जोड़ा जाने लगा तो उनसे बोला, मैडम यहाँ अँधेरा जल्दी होने लगता है, वैसे भी पहाड़ों में सन्नाटा हो जाता है, यदि आप चाहे तो हमारे साथ चल सकती हैं। पेलिंग मेरे यहाँ से आधी दूरी पर है। आगे का रास्ता दूसरे दिन तय कर सकती हैं। मेरी इतनी फिक्र जताने के लिए आपका बेहद शुक्रिया। मेरा बेटा आता ही होगा। मुझे यहाँ ना पाकर परेशान हो जाएगा। फिर फोन भी नहीं लग रहा था। वह सज्जन बोले ... ठीक है.., जैसा आप चाहें लेकिन अगर एक घंटे बाद भी आपका बेटा ना आए तो आप, इस एकलौती खड़ी टैक्सी से चली जाइएगा। हो सकता है इस लॉक डाउन में बेटा कहीं फँस गया हो क्योंकि यह पहाड़ी इलाका है। यहाँ शाम होते ही दूसरी दुनिया शुरू हो जाती है। दिन भर रौनक से भरे पहाड़ शाम होते ही वीरानियों में डूब जाते हैं। फिर यह लॉक डाउन...।

जी...। मेरा बेटा आ ही रहा है, मेरी फ़ोन पर बात हो गई। सरला घबरा रही थी, कह तो दिया लेकिन अगर समय रहते कौशिक न पहुँचा तो उस पर से पुलिस वाले अलग परेशान कर रहे थे। मैडम रात होने वाली है। टैक्सी पकड़कर घर जाइए। कहीं बेटा टाइम से न पहुँचा तो मुझे इन वीरना पहाड़ों पर इस अनजान टैक्सी ड्राईवर के साथ अकेले ही जाना होगा। वह अब उस पल को कोस रहीं थीं, जब उन्होंने अकेले आने का फैसला लिया। वह अक्सर अकेले आती जातीं थीं, लेकिन उन्हें क्या पता कि लॉक डाउन की वजह से पूरा शहर ही इंसानी वजूद से खाली हो जाऐगा। काश दो-चार दिन और रुक जाती। आखिर थक हार कर उन्होंने टैक्सी वाले को इशारे से अपनी ओर बुलाया और अपना ब्रीफकेस टैक्सी की तरफ घसीटते हुए आगे बढ़ी। सड़क ऊँची नीची थी। जिससे उन्हें ब्रीफकेस घसीटने में मशक्कत करनी पड़ रही थी। उन्हें परेशान होता देख ड्राइवर आगे बढ़ा और सामान डिक्की में डाल दिया। वह दुबला पतला, चपटी नाक, दढ़ियल आदमी जिसकी भौंहे और दाढ़ी कुछ ज्यादा ही घनी थी, वो उनके करीब पहुँचकर कुछ अजीब से अंदाज में उन्हें घूरता है। वह उनके पास पहुँचता है तो वो घबरा कर दो कदम पीछे हट जातीं हैं। पल भर को दिल बैठने लगता है। वह अपने को दिलासा देने की नाकाम कोशिश करती हैं। गाड़ी अपने गंतव्य की ओर बढ़ जाती है। गाड़ी चलाते हुए वह बैक मिरर से बार-बार उन्हें देख रहा था। उन्होंने कई किस्से सुने हुए थे और पढ़े थे, जब अकेली महिला के साथ लूटपाट की घटनाएँ हो जाती हैं। मुंबई, दिल्ली जैसे भीड़ भाड़ शहरों में जब मुजरिम अपनी सोच को अंजाम दे सकता है, तो ये तो बेहद सुनसान और डरावना इलाका है। कोई और वक्त होता तो इस समय पर्यटकों की भीड़ होती, लेकिन इस लाकडाउन में तो ऐसा प्रतीत हो रहा था कि पहाड़ इंसानी वजूद से खाली है। दूर-दूर तक सिर्फ़ खामोशी पसरी थी, कानों में हवा कि

सरसराहट, तो कभी पहाड़ों से झरती पानी की बूँदों कि टप टप करती आवाज, मन भावन नजारा बेहद खामोश और डरावना प्रतीत हो रहा था। कोई चाय-पानी की दुकान नजर नहीं आ रही थी। वह बार बार उन के भाव हीन और उदास चेहरे को गौर से देख रहा था। मानो वह किसी भी वक्त उन पर हमला कर सकता है। उनका दिमाग इसी उधेड़बुन में था कि वह क्या करें? उन्होंने चुपचाप उससे नजरे बचाते हुए सबसे पहले झटके से अपनी चेन खींचकर, फिर चूड़ियाँ और अँगूठी उतारकर अपने ब्लाउज के अंदर सँभाल कर रख ली। अब कानों में पहने ईयररिंग को कैसे उतारे सोचने लगी ऐसा करते वक्त, डर उनकी आँखों में स्पष्ट तौर पर देखा जा सकता था। हि मत करके ड्राइवर से बोली, तुम मुझे ऐसे क्यों देख रहे हो? वह बोला मैडम मुझे अंदेशा है मैंने आपको पहले कहीं देखा है। वह थोड़ा सहज हुई और बोली, देखा होगा मैं अक्सर यहाँ आती हूँ लेकिन अपने बेटे की गाड़ी में। मेरा बेटा गंगटोक में पुलिस अफसर है। ऐसा बोलते वक्त उन्हें अपनी समझदारी पर रक्स हो आया। उन्होंने यह सब उसे डराने के इरादे से बोला और आइडिया काम कर गया। वह उन्हें पेलिंग के बारे में सहज होकर बताने लगा। यह रास्ता बहुत सुनसान था जिसकी कल्पना भी नहीं की जा सकती थी। दोनों तरफ बर्फ के पानी से रिसते सीलन भरी नोकदार पथरीली पहाड़ियाँ जहाँ कुछ भी देख पाना मुश्किल था, सिवाय आसमाँ की एक पतली सी लकीर के, वातावरण में भयावह उदासीनता और घुटन थी। लगता था यहाँ काफी समय से धूप नहीं आई थी। रास्तों में कहीं-कहीं सीलन भरी बदबू थी। तेज ठंडी हवा में वह काँप गई। बैग से स्वेटर निकाल कर पहना और कनटोप लगाया। तभी उनकी नजर गाड़ी में रखे डस्टबिन पर गयी, उन्होंने पूँछा, तुम ये डस्टबिन गाड़ी में क्यों रखते हो? वो बोला मैडम गाड़ी के बाहर कागज़ का एक टुकड़ा फेंकना भी अपराध है क्योंकि यहाँ पर सफाई का अत्यधिक ध्यान दिया जाता है, पहाड़ों की सुन्दरता बचाने के लिए भरकस प्रयत्न करते हैं क्योंकि इन्ही पहाड़ों से हमारी रोजी रोटी चलती है।

ऐसा लगा, कुदरती दुनिया कहीं बहुत पीछे छूट गई हो। प्लेन रास्ता होता तो शायद हम पहुँच गए होते। आम दिनों में यहाँ बहुत चहल पहल रहती है। ड्राइवर बोला इस बीमारी ने तो जैसे जीवन ही अस्त-व्यस्त कर दिया है। इस अचानक हुए लॉकडाउन से कितनी परेशानी आ गई। आप को ही ले लो। वैसे दुनिया की आधी आबादी को इस बात का इल्म भी नहीं होता है, कि आधी आबादी कैसे जीवन बसर कर रही है। इस संसार में अनगिनत दुखियारे लोग भी हैं, जो गुमनाम तरीके से किसी कोने में बदनसीबी का बोझ चुपचाप ढो रहे हैं। जहाँ ना हि मत बँधाने वाले साथी हैं ना रिश्तेदार। उन्हें अपने जीवन के दुख दर्द के खत्म होने की उ मीद भी नहीं होती है। उनका सारा जीवन दो वक़्त के भोजन के प्रबंधन में गुजर जाता है।

उन्हें उसके इस तरह बोलते रहने से जितनी राहत मिल रही थी उतनी ही बेचैनी, उसकी यही आदर्श वाली बातें बढ़ा रही थी। अब उन्हें उससे असुविधा सी होने लगी। बातों को खत्म करने के गुरेज से बोली, हमेशा से ही गरीबों के दुखों को नजरअंदाज कर दिया जाता है, फिर भी निचले तबके के ये लोग ही उन्हें सरकार का दर्जा दिलाते हैं। सदियों से यही हो रहा है। यह मजदूर इस समय जिन विपत्तियों से गुजर रहे हैं, यह बड़े लोग अपने पूरे जीवन में इसका अंदाजा भी नहीं लगा सकते। ये मजदूर जिस तरह अपने पेट की भूख को भुलाने का हुनर रखते हैं उसी तरह आज कि इस विपत्ति को भी भुलाकर यही मजदूर फिर उन्हें सरकार का दर्ज़ा दिला देंगें। बातचीत के इस माहौल में थोड़ा सुकून तारी हुआ। वह बोला मैडम जी मैं आपको गीजिंग तक ही छोड़ पाउँगा क्योंकि वहाँ पहुँचने तक अँधेरा हो जाएगा और रात में पहाड़ी पर गाड़ी चलाना खतरनाक हो सकता है। आप किसी होटल में ठहर जाना, मैं गाड़ी में आराम कर लूँगा।

सरला एक पढ़ी-लिखी नौकर-पेशा महिला थी। ऐसे हजारों मौके आए जब उसने अकेले सफर किया बस फर्क यह है इस तरह समूची दुनिया मौन नही थी, ना गाड़ियों की आवाज, ना ट्रेनों की। हर तरफ दूर-दूर तक सिर्फ़ खामोशी पसरी है। यह खामोशी, दिल को अंदर तक भेद रही थी। ड्राइवर ने बताया आम दिनों में गीजिंग और पेलिंग को मात्र एक बस सेवा ही जोड़ती है। लोग उसी एक बस से यहाँ से वहाँ आते जाते हैं। दोनों शहरों को जोड़ने वाली एकमात्र बस सेवा। गाड़ी एक समान र तार से चली जा रही थी। मोड़ पर गाड़ी तेजी से घूमती है तो सरला के पेट में भँवर सी घूम जाती है। अब फोन भी स्विच ऑफ होने वाला था। फोन ऑफ हो जाए उससे पहले पति और बेटे को लोकेशन सेंड कर देती है। अचानक पुलिया पर चरमराहट की आवाज होती है। टैक्सी सामने आती गाड़ी से टकराने वाली होती कि ड्राइवर समझदारी से तेजी से टर्न कर लेता है। बाल-बाल बच गए...!, वह भगवान का शुक्रिया अदा करती है। उसने ड्राइवर के भावहीन चेहरे को गौर से देखा। लगा मानो वह जीता जागता मनुष्य ना होकर प्रेत आत्मा हो। उसके जिस्म में कँपकपी सी दौड़ गई। सामने से आती हुयी गाड़ी का दरवाजा खुलता है। पहले दायाँ पैर गाड़ी से बाहर निकलता है, फिर बिना पूरा दरवाजा खोले ही घुसकर निकलने की कोशिश करता है। डूबते सूरज के उजास का उजाला और गहराती शाम के सलोने साँवलेपन में वो नौजवान बाहर आता है। सरला उसका चेहरा देखकर खुशी से चीख पड़ती है। कौशिक...! कहते हुए तेजी से बाहर आती है। माँ बेटे के गले लग जाती हैं। कुछ पल यूँ ही थम जाते हैं, कुछ पल ऐसे ही होते हैं जहाँ संवादों से नहीं, दिल की धड़कने बातें करती हैं। अक्सर मौन संवादों में धड़कन ही बोलतीं हैं। ड्राइवर की आवाज से तंद्रा टूटी। मैडम आप गीजिंग तक चलेंगी या नहीं। माँ

हमारे साथ जाएगी। कौशिक बोला। माँ का सामान मेरी गाड़ी में रख दो और गाड़ी अपने ज़ानिब की ओर बढ़ जाती है।

माँ बेटे से पूछती है बेटा मेरी बहू कैसी है? कौशिक बोला, वह आना चाह रही थी लेकिन उसे ऑफिस का जरूरी काम आ गया। पहले वही आपको लेने आ रही थी। कह रही थी मीटिंग निपटा कर माँ को लेकर जाएगी, लेकिन फिर उसने आफिस से मैसेज किया कि उसे देर हो सकती। आज का दिन ही खराब है, ना ही आपका फोन लग रहा था ना जेनी का। बहरहाल यहाँ पहाड़ों में अक्सर नेट वर्क की प्रॉब्लम होती है, मुझे तो इसकी आदत सी हो गयी है लेकिन आपकी चिंता हो रही थी क्योंकि लॉक डाउन की वजह से सब कुछ थम गया। माँ बोली ये सब तो ठीक है। कौशिक तू तो कलकत्ता में था, फिर यहाँ कैसे ..? कौशिक ने बताया, माँ, जेनी एक कंपनी में उच्च पद पर काम करती थी। मेरी तरह वो भी अच्छा कमा लेती थी, इसी के चलते हमलोगों ने कोलकाता में एक करोड़ का लैट बुक कर लिया था, सब कुछ अच्छा चल रहा था। जेनी जिस कंपनी में काम करती थी वो चीन की कंपनी थी। चीन में कोरोना का कहर छाया हुआ था। एक देश से कर्मचारी दूसरे देश में आ जा नही सकते थे। जबकि इनका काम ही कुछ ऐसा था कि कर्मचारियों का इधर से उधर जाना अति आवश्यक था। अंदेशा पहले ही था, लेकिन यूँ अचानक कोरोना के चलते कंपनी का बंद हो जाने से हमारे लिए लोन की किश्त भरना मुश्किल हो गया। हम बेहद तकलीफों भरे वक्त से गुजरने लगे, तभी जेनी को यहाँ एक साल का प्रोजेक्ट मिल गया। पैसा भी अच्छा दे रहे हैं क्योंकि पहाड़ों पर इतनी ऊँचाई पर रहने को जल्दी कोई तैयार नहीं होता है, क्योंकि पहाड़ों की अपनी खूबसूरती दूर से ही नजर आती है, असलियत में पहाड़ों की लाइफ बहुत टफ होती है। हमें नौकरी की स त जरूरत थी, बहरहाल हमने उनकी सारी शर्तें मान ली। मैंने अपना ट्रान्सफर गंगटोक करा लिया लेकिन शर्त के चलते जेनी को पहाड़ों में ऊपर ही रहना था। माँ ने आश्चर्य से पूँछा, ऐसा कौन सा काम है जो इस सुनसान जगह में रहने को बाध्य कर रहा है? उसे कुछ ठिठुरन सी महसूस हुयी, उसने कार का शीशा चढ़ाया और बोला, जेनी एक बायोटेक पार्क का मैनेजमेंट सँभाल रही है, जहाँ पर बहुत सारे वैज्ञानिक पेड़ पौधों पर रिसर्च कर रहे हैं। जिसके चलते उस पार्क और उसमे बने ग्रीन हाउस की देखभाल के लिए उसका वहाँ रहना जरूरी है। हमारे घर से ये पार्क दो किलोमीटर की दूरी पर है और जेनी अपनी कार से आती जाती है। खैर........! माँ अचंभित हो बोलती है, घर से भी दो किलोमीटर और ऊँचे...! बाप रे...! जेनी कैसे मैनेज करती होगी?

बेटा... बच्चे को आफिस बहू लेकर जाती है क्या? बेटा बोला, हाँ माँ। तुझे भी बेटे की जि मेदारी उठानी चाहिए। बेचारी घर, ऑफिस, बच्चे सब अकेली

सँभालती है। कौशिक ने बातों के रुख को मोड़ा और बोला, माँ..., पापा कैसे हैं? पापा आना चाहते थे लेकिन अब देखो आना मुश्किल हो जायेगा। अब तो लॉक डाउन तक सब जहाँ है वहाँ फँस गए हैं। कुछ ही समय में वह घर पहुँच गए।

चारों तरफ बादलों की धुँध थी, सरला ने दोनों हाथ उठाकर बादलों को अपनी मुट्ठियों में कैद कर लिया। ऐसा करते हुए सरला का बचपना झलक पड़ा और बेहद खुश होकर बोली, कौशिक, देखो बादल अब मेरी मुट्ठी में। बेहद खूबसूरत नजारा था। दूर-दूर तक छोटे प्यारे प्यारे घर बसे हुए थे। चारों तरफ हरियाली, आसमान एकदम साफ चमक रहा था। कई घरों की छतों पर गाड़ियाँ पार्क की हुयी थीं, क्योंकि पहाड़ों में बने घर तो ऐसे ही होंगे। हवा में एक सुकून भरी राहत थी। वह बेटे के साथ घर में दाखिल होती है। दो कमरे का खूबसूरत सा घर था। घर के चारों तरफ से खूबसूरत गार्डन से घिरा था। घर के बाहर दायें तरफ लॉन था जहाँ दो चेयर पड़ी थीं। यूँ प्रतीत हो रहा था जैसे इन चेयर को किसी ने पैरों से लुढ़का कर इधर उधर गिरा दिया हो, पास ही बेंत की मेज पर एक कप और अधभरी दूध की बोतल लुढ़की पडी थी, जिसे देखते ही सरला को अपने कुछ महीने के पोते की याद आ जाती है। चेहरे पर एक मुस्कान बिखर जाती है। पीछे किचन गार्डन था जहाँ कुछ सब्जी वगैरह उगी हुई थीं। बेटा ये सब तू करता है? नहीं माँ, एक नौकर है लेकिन इस समय नहीं आ रहा। माँ तुम बैठो। जेनी को आवाज लगाता है। जेनी... जेनी... कहाँ हो? तभी पास रखें काफी के मग और दूध की बोतल पर नजर जाती है। लगता है जेनी आ गयी, बाहर होगी। माँ तुम फ्रेश हो, मैं तु हारे लिए गरमा गरम चाय बनाता हूँ। तभी जेनी पीछे के दरवाजे से किचन गार्डन की तरफ से अंदर आती हुयी दिखती है। पल भर तो सरला देखती रह जाती है। वह एक बेहद सुंदर युवती थी। उसने नीली जीन्स, रेड जैकेट और सर पर सुंदर सी कैप लगा रखी। कंधे पर लटकता बड़ा सा काला बैग। दायीं तरफ बच्चे को कमर पर टांग रखा था। उसकी पेंसिल हील की खट खट करती आवाज, वातावरण पर पसरे सन्नाटे को तोड़ रही थीं। हालांकि वह कद काठी में बेटे से थोड़ी बड़ी लग रही थी। गोद में प्यारा सा बच्चा भी था। माँ ने उसे गले लगाना चाहा। लेकिन उसने हाथ के इशारे से रोक दिया। बेटे को भी सीने से ऐसे भीच लिया कहीं कोई उसे, उससे अलग न कर दे। उस दिन जब वीडियो काल पर देखा था, तो उस दिन कि अपेक्षा वो आज वह कुछ अलहदा सी लगी उन्हें, उन्होंने सोचा शायद वो डर रही होगी। मैं बेटे पर अपना हक न जताऊँ। माँ बेटे अपनी पुरानी बातों का पुलिंदा खोल कर बैठ गए। माँ ने महसूस किया कि बेटा वह छूटे हुए चार साल दोबारा जीना चाह रहा है। फिर जेनी ने खाना लगाया, माँ बेटे ने खाना खाया, लेकिन जेनी बाहर गार्डन में टहलने चली गई। बोली, आप लोग खाना खाओ मैं बाहर हूँ। कुछ पल में वापस

आ गई। वह खामोश बैठी उनकी बातें सुन रही थी। कौशिक जेनी के आज के रवैए से अचंभित था। वह सोच रहा था यह तो वह नहीं जिससे मैंने प्यार किया था। क्या यह वही हाथ है जो कल तक माँ के आने की तैयारी में व्यस्त थे। यह वही काली आँखे हैं, जो अब तक माँ के आने की बाट जोह रही थीं। फिर भी यह, वह नहीं है। भय और जड़ता से भरा वह जेनी को निहारता रहा। तभी माँ के हाथ से दूध का गिलास कपड़ों पर गिर जाता है और कुछ घबराकर जेनी की तरफ देखती है। कौशिक असमंजस में पड़ी माँ को कहता है, माँ प्लीज आप अपने घर पर ही हो, बेटे के नहीं। आप फॉर्मेलिटी न करें। तब माँ कुछ सहज होती है।

अचानक ट्रिन...ट्रिन... की तेज तेज आवाजें होने लगती हैं। कौशिक, सोफे पर टेक लगाए बड़ी-बड़ी आँखे और चेहरे पर अजीब से खिंचाव के साथ जेनी को घूरता है। जो पास के कमरे में माँ के सोने की तैयारी कर रही थी। आवाजे बेटे के कमरे से आती हैं। माँ उठ कर बेटे के कमरे तक जाती है। बच्चा अभी भी वैसे ही सो रहा था। अजीब बात है ना... ? इतना छोटा बच्चा ये खिलौना नहीं चला सकता है। तू भी यहाँ है और बहू भी दूसरे कमरे में बिस्तर लगा रही है। बहू तेज़ी से कमरे से बाहर आती है और बोलती है, माँ मैं उसका खिलौना देख रही थी। तो शायद मैंने ही चला दिया होगा। हाँ... ! वही तो मैं सोचूँ, अपने आप कैसे चल गया? माँ जेनी को बुलाती है, जेनी इधर आओ, मेरे पास बैठो। बेटा थोड़ी परेशानी जरूरी हुयी पर अच्छा है इस लाक डाउन में मैं अपने बच्चों के साथ रह सकूँगी। बेटा उठकर माँ के गले लग जाता है, मेरी प्यारी माँ..। शायद आपको पता नहीं है मैडम को राइटिंग का भी शौक है, और इनका मानना है कि यह जगह लिखने के लिए परफेक्ट है। वाह जेनी.... ! आजकल क्या लिख रही हो? माँ... एक नावेल पर काम कर रही हूँ, चाहती हूँ पूरा हो जाए। वैसे लगभग पूरा ही हो गया। वह माँ को वात्सल भरी नजरों से घूरती है। माँ उसे अपने पास दीवान पर बुलाती है और सीने से लगा लेती है। बार-बार उसके सर पर हाथ फेरती है। फिर बेटे से कहती, बेटा इतनी अच्छी बहू है। बड़ी प्यारी बच्ची है। तू तो मेरी परछाई निकली। जेनी खुश हो जाती है। अंदर जाकर अपना लिख रही उपन्यास माँ को दिखाती है। माँ को स्टोरी भी बताती और अपने किरदार भी। अचानक वो उदास हो जाती है। माँ आप मुझसे एक वादा करोगी। माँ विस्मित होकर उसका उजड़ा-उजड़ा चेहरा देखती है। बोलो बेटा अचानक तुम उदास क्यों हो गयी? आप तो एक बड़ी लेखिका हैं। आपके कई उपन्यास और किताबें आयीं हैं। मैंने आपको खूब पढ़ा है। मेरे लिखने की कहीं ना कहीं आप ही प्रेरणा हो। आप मुझसे वादा करो कि अगर किसी कारण मैं उपन्यास पूरा नहीं कर सकी तो यह उपन्यास आप पूरा करोगी। माँ बोली, रफ़ तो पूरा ही है और फ़ेयर करने में ज्यादा से ज्यादा एक महीना लगेगा और बेटा अब मैं यहीं हूँ तो

तु हें सारा सपोर्ट करूँगी। तू अपना काम करना। नहीं माँ... !, वह तो बाद में देखा जाएगा, पहले आप मुझसे प्रॉमिस करो कि यह उपन्यास आप पूरा करोगी। जेनी कुछ जिद्द पर अड़ जाती है। जेनी ये क्या लगा रखा है। प्लीज कौशिक... !, चुप रहो। गुस्से से लाल आँखे किये बोली। एक पल दोनों सहम गए। माँ समझ गई जेनी अपनी राइटिंग को लेकर लगता है कुछ ज्यादा ही पोसेस्सिव है। सरला मन ही मन सोचती है कि ये आजकल के बच्चे हर चीज इंसटेंट पसंद करते हैं। यह समझना नहीं चाहते। बस लादना और अपनी जिद पर अड़ जाना जानते हैं। आखिर उसने जेनी को भरोसा दिलाया और वो उसका उपन्यास पूरा करने में मदद करेगी और उसे प्रकाशित भी करवाएगी। देखना बेटा तेरा उपन्यास धूम मचा देगा। वह खुशी से छोटे बच्चे की तरह चीख पड़ती है फिर कौशिक को छेड़ने के लहजे से माँ से सट जाती है।

तभी घड़ी में बारह बज गए थे। जेनी पहले से खरीदा केक लाकर मेज पर रखती है। बेटे का पूरा हँसता खेलता परिवार देख, माँ के दिल में तसल्लियों का सैलाब उमड़ पड़ता है। बेटा माँ को केक खिलाता है। माँ बलाएँ लेती है, लेकिन कौशिक बिफर कर रो पड़ता है। वह माँ से ऐसे लिपट जाता हैं जैसे कोई छोटा बच्चा। माँ बेटे के सिर पर हाथ फेरती रहती है और रोने देती है। थोड़ी देर में बेटा सामान्य हो जाता है। बेटा लैपटॉप पर कुछ जरूरी मेल करने बैठ जाता है।

तभी माँ देखती जेनी घर पर नहीं है। वह जेनी को आवाज देती हुयी बाहर आती है। घर के सामने सड़क के उस पार निर्जन पुरानी हवेली है। कभी इस हवेली के आगे शायद सुंदर झील रही होगी। दूसरी तरफ सुंदर बगीचा, क्योंकि उसके निशान अभी भी मौजूद है। टूटा सा साइन बोर्ड लगा है, जगह जगह से जंग खाए उस बोर्ड पर नदी का नक्शा अभी भी देखा जा सकता था। बगीचे के नाम पर जंगल पसर गया था। कभी शानदार रही हवेली बेतरतीब जंगल में छिप गई। यहाँ आस-पास का वातावरण शांत और प्रांतीय रहन-सहन की याद दिलाता है। बालकनी, खिड़कियाँ, मकड़ी के जालों से भर गई थी। तालों और चिटकिनियों पर जंग चढ़ गया था। वह बड़े आश्चर्य से ये सब देख रही थी। उन्हें ऐतिहासिक विरासत को देखने और सहेजने का चरम शौक था। यही शौक उन्हें अंदर घसीट कर ले आया। मन ही मन बोलती.. घूप, गर्मी, ठंड, बर्फ ने दरो दीवार को नष्ट कर दिया, अगर सरकार ने इसकी देखभाल की होती, यह हवेली महत्वपूर्ण खोज होती, क्योंकि पहाड़ों पर अक्सर ऐसी विशाल हवेली कहाँ देखने को मिलती हैं। चारों तरफ अपार सन्नाटा व्याप्त था। अचानक कहीं से पक्षी फड़फड़ाता हुआ निकलता, उसकी आवाज से कुछ पल को सन्नाटा टूट जाता है, लगता है यहाँ चारों तरफ किसी अद्रश्य हाथ ने रहस्यों का निर्माण किया हो, ऐसा प्रतीत होता है कि ये वीरान हवेली

बीते हुए कल की कोई उलझी पहेली हो। जिसका हल खो गया हो। सहसा कुछ हलचल होती है। एक रूमानी जिज्ञासा और मार्मिक आतंक सरला को घेर लेता है। यह डर, और डर से जुदा होता है। जैसे कभी कभी रात के अँधेरे में डूबे चर्च में प्रवेश करने पर दूर से आती हल्की सी रोशनी को देखकर लगता है। सहसा एक धुंधली आकृति उभर कर दबे पाँव आती है, उस की सरसराहट से रोंगटे खड़े हो जाते हैं। वह पलट कर देखती है जेनी खड़ी है। सरला की चीख निकल जाती है। तुम खंडहर में क्या कर रही हो? वो भी तब जब रात होने को आई है। माँ..., मन बहलाने आ गई थी, लेकिन आप यहाँ कहाँ? मैंने तुमको इधर आते देखा तो आ गयी, वो दोनों वापस पलट गयीं। सरला सोंचने लगी खंडहरों के बीच इसके लिए दिल बहलाने का आखिर यह कौन सा जरिया है? दोनों वापस आ जाती है। माँ अंदर आकर देखती है, बेटा वाशिंग मशीन से कपड़े निकाल कर फैला रहा है। यह क्या कर रहा है कौशिक? रात को कपड़े क्यों धो रहे हो? कल सुबह मैं कर देती, कहते हुए टब से कपड़े लेकर फैलाने में मदद करने लगती है। यह क्या माँ कपड़े कैसे फैला रही हो? आप नहीं जानती, जेनी को स त नापसंद है, बेतरतीब से कपड़े फैलाना, फिर अगर बात उसके बच्चे की हो तब तो इस कदर गुस्सा करेगी। उनकी बेचैनी बढ़ती जा रही थी। वो बेटे को यूँ घबराया बौखलाया देख समझ नहीं पा रही थी, आखिर बेटे को अकस्मात क्या हो गया है। ये अजीब बहकी बहकी बातें क्यों कर रहा है। उसका चेहरा पीला पड़ गया था। वह बेहद व्याकुल दिखाई दे रहा था। उसकी आँखें लाल हो रही थी। चेहरे की एक-एक रेखाकृति में घबराहट और बेचैनी की तीक्ष्णता थी। उसके चेहरे पर जो बेचैनी की लकीरे और भोलेपन में अशांति थी वह मानो दया की मूक याचना कर रही हो। बेटे को देखकर वह विचलित हो गई। अपने हाथ मसलकर कमरे में चहल कदमी करने लगी। बेटे को देख उसकी उत्तेजना लगातार बढ़ती जा रही थी। वह जेनी से कुछ पूछना चाह रही थी, सहसा अपनी भावनाओं पर काबू कर कुछ स्थिर हुई। दरअसल बेटा जहाँ कपड़े धो रहा था उसके ठीक सामने दूसरी तरफ बेसिन था। जहाँ पर बड़ा मिरर लगा हुआ था। उसकी दूसरी तरफ एक दरवाजा था, जो कि बाहर गार्डन की तरफ खुलता है। उस वाशबेसिन के शीशे में गार्डन की खूबसूरती दिखाई दे रही थी। एक बारगी उनके मन में कुछ खटकता है। पलट कर देखती है बहू ठीक दरवाजे की सीध में अपने बेटे को प्रैम पर टहला रही है। फिर पलटकर शीशे में देखती हैं तो प्रैम तो अपनी जगह स्थिर पड़ा है। वो बार बार मुड़कर शीशे को देखती कभी गार्डन की तरफ। शीशे पर देखने पर उन्हें जेनी और पोता नजर नहीं आते लेकिन जब पलट कर देखती तो मुस्कुराती जेनी खड़ी होती। बेटा अब भी अजीब सी हरकत कर रहा था। वह बार-बार दोहरा रहा था, आपको यह नहीं करना था। बेटे को यूँ बौखलाया देख, आँखों में धुँध सी छा

जाती है, वो चश्मा उतारकर अपनी बूढ़ी होती आँखों को साड़ी के छोर से रगड़-रगड़ कर पोंछती हैं। उसके पश्चात फिर शीशे के पास जाकर देखती हैं। वो पास जाकर हाथों से आईने को साफ करती हैं, फिर पलट कर देखती हैं, गार्डेन में जेनी अपने बेटे के साथ वैसे ही मुस्कुराते हुए खड़ी है लेकिन जेनी उन्हें आईने में नजर नही आती। वह बार-बार यह क्रिया दोहराती है और हर बार नाकाम साबित होती है। वह बेतहाशा होकर दरवाजे तक जाती है कभी आईने तक। तभी डोरबेल बजती है। वह दरवाजा खोलती है। सामने दो पुलिस वाले खड़े हुए थे।

"मैडम यह कौशिक जी का ही घर है?"

"हाँ... वह मेरा ही बेटा है।"

मैंने अभी अभी कुछ देर पहले उनको फोन किया था। लेकिन उन्होंने बिना रिप्लाई दिए ही फ़ोन काट दिया। जल्दी चलिए, वैसे भी वक्त बहुत हो गया है। ज्यादा देर करना ठीक नहीं है।

"कहाँ चलना है...?" मैं समझी नहीं।

पुलिस वाला बोला..

"मिसेज कौशिक की गाड़ी का बुरी तरह एक्सीडेंट हो गया है जिसमे माँ बेटे दोनों की मौत हो गयी।"

"उनकी डेड बॉडी अस्पताल में रखी है।"

वो विस्मित हो बोलीं..,

"अरे...! आपको कुछ गलतफहमी होगी। मेरी बहू अंदर है।"

पुलिस वाला एक आई कार्ड दिखाता है जिसमे जेनी की फोटो लगी हुई है। वह भय और उत्तेजना से काँपने लगती है और भागकर गार्डन में देखती है वहाँ कोई नहीं होता है। अंदर कमरे में जाती है केक अभी भी वैसा रखा है। खाई हुई प्लेटे पड़ी है और वह गुलाब का वो फूल वैसे ही मेज पर रखा था, जो जेनी ने कौशिक को दिया था। सब कुछ वैसा ही था बस जेनी और उसका बेटा वहाँ कहीं नहीं थे। उसके आँखों के आगे अन्धेरा छाने लगता है।

आखिर प्यार का यह कौन सा आभास था जो जेनी को मरने के बाद भी खींच लाया।

वह बेहोश होकर गिर जाती है।

संगतराश

जब वह पैदा हुआ, जातियों पर समीकरण की व्यवस्था आ चुकी थी। उसने सोंचा वह खुली हवा में साँस लेगा, लेकिन ऐसा संभव नही था। भले ही कागजी तौर पर कानून बन गए थे, लेकिन लोगों के मन में अभी भी जाँत पाँत को लेकर, एक कोना संकुचित था। उसे अपने पूर्वजों की तरह बिना चप्पल नही घूमना पड़ेगा, भगवान से प्रार्थना की भी अनुमति मिल गयी, आखिर वह इक्कीसवीं सदी में पैदा हुआ था। जाति व्यवस्था लगभग सामाजिक तौर पर खत्म थी। यह बात दीगर थी कि लोगों के मन में अभी भी ये व्यवस्था दो खंडों में विभाजित थी। मृत्यु के कुहासे में आस की ज्योति अभी छुपी हुई थी।

खैर..., उसकी कहानी तो कुछ अलग थी। माँ ऊँचे खानदान से आती थी। गरीबी के चलते माँ के बाप ने उसका विवाह छोटी उम्र में ही एक वृद्ध पुरुष से कर दिया। जिसके चलते अपने हम उम्र नौकर के साथ प्रेम कर बैठती है और एक दिन उसी के साथ रात के अँधेरे में घर को छोड़ देती है। वह पूरी तरह से उसके प्यार में पागल थी, लेकिन जल्दी प्यार का भूत उतर गया। वह उसके साथ तुलसीपुर गाँव के टोले में उसके साथ रहने लगी। वह जन्म से शाकाहारी और कर्मकांडी महिला थी, फिर भी उसके लिए माँस पकाया, और वो सारे काम किये जो उसने सोचे भी नहीं थे। उसके पास कोई विकल्प भी नहीं था, पीछे मुड़कर जा नहीं सकती थी, आगे का रास्ता अद्रश्य अँधेरों से भरा था। वह उसे मारता, पीटता, सिगरेट से दागाता। कितने सपने लेकर आई थी, सब धराशाई हो गए थे। उसे क्या पता था कि उसकी सुहागरात भी ऐसे जगह होगी जहाँ जानवर बंधें होंगे। उसने नियति से समझौता कर लिया। उसे समझ आ गया था, अब सती सावित्री बने रहने से कुछ नहीं होगा। उसका रूप ही उसे गर्त से निकालेगा। उसकी तरफ सहज ही कोई भी आकर्षित हो जाता था। उसने सरकारी द तर में पानी पिलाने और साफ सफाई का काम अपने हाथों में ले लिया। पति शहर में मॉल में साफ सफाई का काम करता था। बेटे की पैदा होने की खबर सुन उसने कहला भेजा,

"यह मेरा बेटा नहीं है, जिन कुत्तों के यहाँ काम करती हो, उसी में से किसी का पिल्ला होगा।"

"अब मैं गाँव वापस नहीं आऊँगा। मैंने शहर में मॉल में काम करने वाली लड़की से शादी कर ली है। मेरा प्रमोशन भी हो गया है। मैं अब गार्ड की नौकरी करता हूँ।"

जिस वक्त यह खबर आई, सुगना सोअर मे थी। गाँव की औरतें पहले ही समझ नहीं पा रही थी इस काले कलूटे, चुसे आम की गुठली जैसे बच्चे का क्या नाम रखें? तिस पर जब ऐसा संदेशा आया तो पड़ोस की औरतों से सुगना बोली अब तुम लोग ही कुछ बता दो, नाम तो रखना ही पड़ेगा। कहीं बिना नाम मर गया तो इसका शांति पाठ भी नही हो पायेगा। वैसे मुझे नहीं लगता है ज्यादा जी भी पाएगा। नौ महीने की जगह दस महीने में पैदा हुआ, कोख से चिपका पड़ा था, वह तो बाहर ही नहीं आना चाहता था। देख... कैसे मुट्ठी खोले है। भला देखा है कभी पैदा हुए बच्चे को मुट्ठी खोले हुए। गाँव की औरतें आपस में बात कर रही थी, पति ने इसे कुत्ते का पिल्ला कहा। उन औरतों के साथ आई एक छोटी बच्ची ने जाने क्या समझा, वह बच्चे के पास जाकर कहती है...

"कैसा है पिल्लू...!"

बस उसी दिन से उसका नाम पिल्लू पड़ जाता है। माँ के साथ गाँव वालों का मानना था एक दो महीना भी जी जाए, तो मुश्किल होगा, लेकिन वह एक या दो साल नहीं पूरे दस साल का होने को आया। सभी आश्चर्य करते थे, यह हड्डी का ढाँचा, आखिर कैसे जी गया। माँ तो पहले दिन से इंतजार करें बैठी थी, कब मरे और कब उससे पीछा छुड़ा कर शहर जाकर अपने सपने पूरे करे।

जहाँ उसका दिन गुजरता था, कहते हैं वह जगह माँ पार्वती की शक्तिपीठ के नाम से मशहूर थी। घाट और मंदिर के इर्द-गिर्द उसकी दुनिया बसती थी। माँ के प्यार की कमी शक्तिपीठ पूरी करती थी। यहाँ दूर-दूर से श्रद्धालु आते थे, प्रसाद के रूप में उसे पेट भर खाना मिल जाता था, बाकी वह फूल और रुई की बत्ती बनाकर बेचता था, जिससे दो पैसे आ जाते थे। परिसर में लगा बड़ा सा कनेर का पेड़, उसे फूल मुहय्या करा देता था। इतना कमजोर था कि कनेर की शाखाएं उसका बोझ आराम से उठा लेती थी। ऊपर तक जाकर सारे फूल तोड़ लाता था। और बाकी बच्चे उस पेड़ में नहीं चढ़ पाते थे। इसलिए इन फूलों पर बस उसका हक था। जब वह पेड़ से फूल तोड़ रहा होता तो नीचे खड़े बच्चे उसका मजाक उड़ाते, अरे वह देखो पिल्लू कहाँ चढ़ा है, संभाल पिल्लू, कहीं तेरे भार से पेड़ को चोट ना लग जाए। सब उस पर हँसते थे।

एक दिन अंग्रेजों का जोड़ा मंदिर में आता है। वह चारों तरफ तस्वीरें उतार रहे

होते हैं। पिल्लू को देखकर सोचते हैं कि इससे अच्छी तस्वीर क्या होगी गरीबी और कुपोषण की? वह उसे अपने पास बुलाते हैं और उसकी तस्वीर कई एंगल से लेते हैं। बाद में उसे पाँच सौ रुपये देते हैं। इतने सारे पैसों का मैं क्या करूँगा? कई सारे विकल्पों की उधेड़बुन में कहीं खो जाता है तभी सहसा उसे एक मात्र फट्टी वाले बाबा याद आते हैं। अपनी ख़ुशी बाँटने के लिए उनके पास दौड़ जाता है।

ऊँचे टोले और नीचे टोले के बीच रास्ते में डामर सड़क को पार करके कुछ दूर खड़ंजे पर चलने पर बड़ा सा मैदान आता था, उस मैदान में सारे बच्चे क्रिकेट खेला करते थे। उसी मैदान में एक कोने में ठिगैला तिरपाल का घर बनाकर, एक बाबा रहते थे। कहते हैं किसी को ठीक ठीक नहीं पता वह कब यहाँ आए, लेकिन गाँव के बड़े बताते हैं जब वह यहाँ आये थे तो पढ़े-लिखे और आधुनिक युवक थे। उनके पास तिरपाल में जरूरत का सारा सामान था। खाना बनाने की पूरी सुविधा थी, लेकिन धीरे-धीरे समय बीतता गया और उनमें बदलाव आता गया। आज उनके बदन में बोरी से बने महज दो वस्त्र हैं। तिरपाल के अंदर टूटी चारपाई, एक जंग खाया बक्सा, दो चार बर्तन, लेकिन उनका तिरपाल उनकी बनायी सुंदर मूर्तियों से भरा था। तिरपाल के चारों तरफ मूर्तियों का अंबार लगा था। टूरिस्ट मंदिर में दर्शन करने आते तो उनकी शिल्पकारी देखेने जरूर जाते। मंदिर और उनकी मूर्तियाँ एक दूसरे का पर्याय बन गए थे। वह गाँव में लोगों से उतना ही बोलते जितनी जरूरत होती। लोग उनका नाम नहीं जानते थे। बोरे के कपड़े पहनते थे तो बच्चे उन्हें फ़ट्टी वाले बाबा के नाम से बुलाते थे। कई बार लोगों ने उन्हें टूरिस्टों से फर्राटेदार अंग्रेजी में बोलते देखा था। बच्चे जब क्रिकेट खेलते तो गेंद कहीं नाली में या कहीं दूर चली जाए इसके लिए पिल्लू होता था। वह अपनी बारी का इंतजार करते हुए बाबा के पास बैठा रहता। बच्चों का शोर, बाबा की छेनी हथौड़ी का शोर और मंदिर घंटो का शोर, सब मिलकर एक अलग ही संगीत वातावरण को गुंजायमान करता, जो पिल्लू को बेहद अच्छा लगता था। वह बाबा से कहता उसे मूर्ति बनाना सिखा दे। वो हमेशा कहते थोड़ा वक्त दो। पिल्लू की चित्रकारी में जान बसती थी। वह बाबा के पास बैठकर मिट्टी की मूर्तियाँ बनाने लगा था।

भागता हुआ पिल्लू पैसे लेकर बाबा के पास पहुँचा। बाबा देखो मुझे कितना सारा पैसा मिला है। एक हिस्सा मैं मंदिर में बैठे भगवान को दूँगा, एक हिस्सा अपने दोस्तों को चाय समोसा खिलाऊँगा। एक हिस्सा माँ को दूँगा, वह अपने सपने पूरे कर लेगी। फिर जेब से सौ का नोट निकालता, बाबा को थमाता। बाबा ये हिस्सा आपका है। मैंने देखा आपका एक दस्ताना बुरी तरह फट गया है, जिससे आपके हाथ में चोट लगती है। रुपया उन्हें दे देता। बाबा तिरपाल के झरोखों से आती धूल के कणों के साथ खेलते हुए बोले,

"पिल्लू यह बताओ तुम तो भगवान को नहीं मानते तो फिर एक हिस्सा भगवान् को क्यों दे रहे हो?"

पिल्लू बोला,

"मैं भगवान को नहीं मानता लेकिन जब बहुत खुश होता हूँ तो मन सोंचता है कि वो मंदिर के बाहर आसपास जरूर है। उन्हें भी कहाँ मंदिर में प्रवेश मिलता होगा क्योंकि वह तो सबके भगवान है," कितनी अजीब बात!

"भगवान ने आदमी को बनाया और आदमी ने जाँत पाँत, अमीर गरीब। इन सब से दुखी होकर वह कहीं दूर चला गया।"

सौ रुपये का नोट बाबा को थमा कर उछलता कूदता मंदिर कि ओर चला गया। वो पिल्लू को आवाज लगाते रहे पर पिल्लू अनसुना करके बढ़ गया।

पिल्लू मंदिर की दान पेटी में पैसे डालने की कोशिशें कर ही रहा था, उधर से महंत जी अपनी धोती सँभालते निकल पड़े। पिल्लू को दान पेटिका के पास बैठा देखकर बड़ी जोर से चिल्लाते हैं।

"अरे ओ लौंडे... यह क्या चुरा रहा है? भाग साले यहाँ से...! हजार बार मना किए हैं, घाट पर ही रहा कर।"

"राम-राम...! न जाने अब और क्या करेगा ये?"

सारा दिन आवारा कुत्ते की माफ़िक घूमता रहता है। महंत जी की आवाज सुन कर अकबका गया। धीमे से बोलता है,

"महंत जी, हम तो मन्दिर को दान दे रहे थे।"

इतना सुनना ही था कि महंत जी का चेहरा तमतमा कर लाल हो गया।

"अब क्या भगवान तेरी चिल्लर के भूखे हैं?"

"तेरे दो पैसे देने से उनका भला हो जाएगा।"

पिल्लू बड़े आत्मविश्वास के साथ बोला...

"भला तो आप के नोटों से भी न होगा, भगवान आपके और हमारे पैसे के भरोसे थोड़ी बैठे हैं।"

पिल्लू की बात पर और नाराज होते, तभी महंत जी की नजर पिल्लू के हाथ में कड़कते सौ के नोट पर पड़ जाती है। थोड़ा नरम पड़ते हुए कहते हैं,

"ठीक है ऊपर ही रख दो, मैं अंदर वाली पेटी में डाल दूँगा।"

"अब भाग यहाँ से।"

पिल्लू पैसा रख कर, खुश होकर घर चल देता है। उसके जाते ही महंत जी वो रुपया उठाकर अपनी धोती में खोंस लेते हैं।

इन लोगों को पता चल जाए कि ये लोग सपने में भगवान को देखते हैं तो वे इनके सपनों में भी पाबंदी लगा दें। यह किस-किस पर पाबंदी लगाते हैं मनुष्य पर

या मनुष्यता पर, शायद ये लोग भी न जानते होंगे।

पक्की सड़क से कुछ नीचे उतरकर कुछ कच्चे-पक्के मकानों की बस्ती थी। ज्यादातर मकान गुलाबी नीले चटक रंग से पुते हुए थे। कुछ एक घरों में ट्यूबलाइट की सफेद रोशनी थी, तो कहीं मरियल पीली गंदले बल्ब मरे मरे जल रहे थे। बाहर औरतें मैक्सी पहने दरवाजे पर बैठे बतिया रहीं थी। वहीं छोटे-छोटे बच्चे खेल रहे थे। कुछ लड़कियाँ कुर्सियों पर धंसी फोन में घुसी हुई थी। कुछ जवान औरतें घर के बाहर बर्तन माँज रही थी। टोले के दूसरी पार बड़ा सा मैदान था। जहाँ कुछ खोमचे वाले खड़े थे। एक ठेले पर चाऊमीन बन रही थी, पास ही बतासे वाला कुछ लड़के लड़कियों को गोलगप्पे खिला रहा था। एक कोने में मोमोस, इडली और दोसे के ठेले खड़े थे। एक टपरी में चाय कॉफी की दुकान थी। ठेले और दुकान रंग बिरंगी लाल पीली रोशनी से झीलमिला रहे थे। तेज आवाज में पंजाबी सॉन्ग बजा रहे था। पास ही मैदान में सस्ती लाल कुर्सियों पर, कई युगल जोड़े मौजूद थे। दुनिया से बेखबर, सब बेहद खुश थे। तंग पैंट शर्ट पहने लड़के अक्सर जो इनका हेयर स्टाइल होता है, बाल झाड़ की तरह खड़े, भड़कीले कपड़े। लड़कियों ने सस्ती लिपस्टिक के साथ, सस्ते लेकिन आधुनिक कपड़े पहन रखे थे। सभी के चेहरे तनावमुक्त थे। यह जगह उनके लिए किसी महंगे कैफे डे से कम नहीं थे। पिल्लू वहाँ से गुजरता है, तभी एक लड़का आगे आता है, जिसने सलमान के तेरे नाम स्टाइल के बाल कटवा रखे थे। अरे पिल्लू कहाँ से आ रहा है? पिल्लू जवाब देता, घाट से आ रहा हूँ। तब तक दो-चार लड़के और नजदीक आ जाते हैं। वो सब उसकी खिंचाई शुरू करें उससे पहले वह उनसे कहता है, कल तुम सब घाट पर आ जाना, तुम सबको चाय समोसे की पार्टी दूँगा, एक बोला यहीं खिला दे यार। नहीं... कल बड़ी वाली दुकान चलेंगे, वहाँ के समोसे बहुत अच्छे हैं। कल घाट पर मिलने का वादा करके वह अपने अपने घर निकल जाते हैं।

पिल्लू का घर उन सब घरों से जुदा था। पुराना मकान सफेद रंग से पुता था। जिस पर माँ बेटे ने सुंदर कलाकृतियाँ बना रखी थी। इतनी सजीव कि देखने वाला देखता रह जाए। दरवाजे पर नाली थी जिसको पत्थरों से पाटा गया था, ऊपर टूटे प्लास्टिक की बाल्टी मटको में कुछ पौधे लगे थे, बाईं तरफ लाल रंग से पुता तुलसी का गमला रखा था, जिस पर दिया जल रहा था, उसे देख पिल्लू समझ जाता है माँ अंदर ही है। दरवाजे पर पड़ा पुराना पर्दा हटा कर अंदर जाता है, सामने कमरे में तेज तेज आवाज में टीवी चल रही थी। माँ माँ पुकारते अंदर बने छोटे से लेकिन साफ-सुथरे आँगन में प्रवेश करता है। बगल के सोने वाले कमरे से कुछ फुसफुसाहटों की आवाजें आती हैं। वो एक नजर कमरे के बंद दरवाजे पर डालता है और गुस्से में कहता है, माँ भूख लगी है, रोटी नहीं बनाई क्या? वह बरामदे में बनी छोटी सी

किचन में जाकर एक-एक डिब्बा खोल कर देखता है। माँ अंदर से हाँफती आवाज में कहती है, टिफिन में बिस्किट पड़े हैं खा ले। एक ही समय में दोनों की भूख शान्त करने का हुनर सुगना में बखूबी था। थोड़ी देर में अंदर से एक आदमी बाहर निकलता है। पिल्लू उसे खा जाने वाली नजरों से घूरता है। वह आदमी उड़ती नजर उस पर डालता है। उस अस्त-व्यस्त पल्लू को व्यवस्थित कर रही सुगना से कहता है, कल मिलते हैं जानेमन...! वह उसे विदा करने दरवाजे तक जाती है, फिर वापस आकर चूल्हे पर आग ठीक करती है। फिर परात में रखा आटा गूँधने लगती है। ठहर दो मिनट में रोटी बना देती हूँ। गैस खत्म हुए पूरा ह ता बीत गया। सरकार ने सिलिंडर तो फ्री में दे दिया पर भराने का मुक्कमल इंतजाम नही किया। कल जाकर कुछ इंतजाम करती हूँ। दूसरी तरफ बैठा पिल्लू गुस्से से कागज में उस आदमी का अक्स बनाता है और चूल्हे में झोंक देता है। माँ पूछती है..

"यह क्या है...?"

"यह वह आदमी है जो अभी यहाँ से गया है, मैंने उसको खत्म कर दिया, उसका अंतिम संस्कार कर दिया'

"अब खाना दो, तेरहँवी भी कर देता हूँ।"

माँ किसी अपशगुन की आशंका से हड़बड़ा कर कागज आग से निकालती है। हाँथों से आग बुझाने लगती है, गुस्से में चीखती है..

"नासपीटे ऐसा कोई करता है क्या?"

अगर सचमुच उसे कुछ हो गया तो हम दोनों का क्या होगा। तेरा बाप तो तेरी शक्ल देखने भी नहीं आया। आज उसी की वजह से इस चूल्हे में आग़ जल रही है। नहीं तो इस कोरोना काल में कोई काम भी नहीं बचा था। हम दोनों भूखे मर जाते। उसी की वजह से हम दोनों की जिंदगी संवर रही है।

अच्छा यह बता तू सारा दिन घाट पर क्यों भटकता है? अब तो मंदिर भी कोई नहीं आता, तो तू वहाँ क्या बेचता है? सोचता हूँ माँ, जो खिलौने मैंने बनाए हैं, जैसे डोरेमान, गोहान, गोखु के कार्टून किरदार वाले खिलौने, बस एक बार यह लॉकडाउन खुल जाए तो मैं भी शिल्पग्राम में जाऊँगा स्टॉल लगाने, तब ये सारे खिलौना मँहगे दामों में बेचूँगा क्योंकि अभी तक किसी ने इस तरह के मिट्टी के ये खिलौने नहीं बनाये हैं। सूख जाएं बस रंग भरना बाकी है। लेकिन वो बिकेंगे तब तक हम क्या करेंगे? माँ बोली, कल मिश्राइन चाची के घर शादी है, मैं दरवाजे पर माड़ना बनाने जा रही हूँ, तू भी आ जाना, ठीक है माँ, मैं आ जाऊँगा। फिर माँ के पास सरक कर बैठ जाता है प्यार से बोलता हुआ सौ का एक नोट माँ की तरफ बढ़ाता है, दिन का सारा वाकया सुना डालता है। माँ इससे तुम अपने सारे सपने पूरे कर लो। माँ हँसती है, पागल काश...! सारी दुनिया तेरी तरह सोचती तो सब खुश

होते। माँ एकटक उसे देखती है। लौकी जैसा सिर, केले जैसा चेहरा, हड्डियों से चिपकी खाल, काला रंग, बड़े बड़े दाँत, धूसर बाल, मिचमिची आँखे, आखिर उनको इसमें ऐसा क्या दिखा, जो इसकी तस्वीर उतारी, तभी तो कहते हैं अंग्रेज पागल होते हैं। दोनों खाना खाते और कमरे में पड़े तखत पर लेट जाता है। माँ लकड़ी का पुराना बक्सा खोल कर बैठी थी, न जाने क्या खोज रही थी। वह माँ से कहता है, माँ क्यों न बृहस्पति की हाट में ही खिलौने लेकर चला जाऊँ, अभी तो शिल्प मेले का कुछ अता पता भी नही है। माँ अपने काम से बिना ध्यान हटाए बोली, वह तो काफी दूर है कैसे जाएगा ? पिल्लू बोला,

"पंचायत चुनाव की वजह से खूब ट्रैक्टर इधर उधर जा रहे हैं, किसी के साथ भी चला जाऊँगा।"

ठीक है मैं भी साथ चलूँगी। वहाँ से वैक्सीन भी लगवा लूँगी। अगर वैक्सीन नहीं लगी तो राशन कार्ड का आटा चावल भी न मिलेगा। थोड़ी देर में दोनों नींद के आगोश में चले जाते हैं।

दूसरे दिन अल सुबह ही एक ट्रैक्टर से निकल पड़ते हैं । ठंडी-ठंडी हवा चल रही थी। बिखरे छितरे बादल धरती के ऊपर से गुजर रहे थे। उनकी छाया से धरती की आभा निखर उठी थी। आसपास का माहौल इस विपरीत समय में भी खुशनुमा हो रहा था। सूरज भी लगातार लुका छुपी खेल रहा था। कभी नजर आता, कभी छुप जाता है। धरती की सतह व्याकुल जीवंत चेहरे के मानिंद नजर आ रही थी। कुछ पलों के लिए वह ठिठक जाता है। बहुत ही मनोहर दृश्य था। अपने गंतव्य पर पहुँच जाते हैं। माँ अपने काम से निकल जाती है और वो हाट की तरफ अपनी खिलौनों की टोकरी उठाकर चल देता है। और कोई दिन होता तो यह हाट आदमियों की भीड़ से खचाखच भरी होती। लेकिन इस महामारी में जहाँ शमशान आबाद थे हॉट विरान हो गयीं थी। वह चुपचाप एक कोने में बैठ जाता है। कुछ लड़के आकर उसके खिलौनों की तारीफ करते हैं और मोबाइल से फोटो उतारते हैं, वीडियो बनाते हैं। वह आस लगाए इंतजार करता रहा अभी कीमत पूछेंगे। लेकिन वह चले जाते हैं। हाट खत्म होने का समय हो आया था। अभी तक एक भी खिलौना नही बिका था। तभी दो सज्जन पुरुष उसके बनाए खिलौने देखते हैं और कहते हैं, "बेटा... मौसम देखकर खिलौने बनाए जाते हैं। अरे भाई कमल बनाते, हाथी बनाते, साइकिल बनाते, पंजा बनाते, दाढ़ी वाले बाबा बनाते, इनकी सहालख है तो ये सब बिक जाते।"

"अरे पप्पू ही बना लेते तो शायद वो भी बिक जाता।"

"तु हारे चाइनीस पुतरे तो बिकने से रहे।" अट्ठाहस करते हुए आगे बढ़ जाते हैं।

साँझ होने को आई थी। माँ भी वापस आ गई। वह भी उदास थी। चल पिल्लू, नहीं तो ट्रेक्टर भी ना मिलेगा, पैदल ही जाना पड़ेगा। उसने फटाफट सामान समेटा।

"माँ वैक्सीन लग गई?"

कहाँ लग गयी। वह कहते हैं पहले उनको लग जाए जिनको इसकी ज्यादा जरूरत है। पहले उन्हें लगेगी जिन पर समाज का दारोमदार है। हम तो कीड़े मकोड़े हैं। हमारा नंबर बाद में आएगा। वह वापस आ जाते हैं। घर के बाहर लड़के मिल जाते हैं। इस टोकरी में कितने सुंदर खिलौने हैं। ये तूने कहाँ से सीखा। वह फट्टी वाले बाबा ने सिखाया। खैर छोड़ो कल मिलते हैं।

वह बच्चा था सदा से बेखबर, उसे कभी किसी से किसी तरह की शिकायत नहीं थी। सब उसका मजाक बनाते, यहाँ तक कि माँ के लिए भी सिर्फ बोझ था वो। इन सबके बावजूद भी हमेशा खुश रहता, क्योंकि उसकी अपनी एक अलग दुनिया थी। जहाँ न राग, न द्वेष, न छोटा, न बड़ा । उसकी इस अनदेखी दुनिया में हर एक चीज में कोई अर्थ छुपा था। घाट के अंतिम छोर पर छोटा जंगल था। उसके पिछवाड़े नंगे काले उभरे चपटे दो पहाड़, जो कुछ यूँ प्रतीत होते थे जैसे कोई जीवित पुरुष हो, दूर से देखने पर महीन भूरी झाड़ियां, गाँव के बच्चों के समान प्रतीत होती थी। जिसकी ड्योढ़ी के नीचे उसे गाँव बसा लगता था। वह उनसे घंटों बतियाता, अपनी अभिव्यक्ति व्यक्त करने के लिए आदमी, जानवर, पेड़, सितारे, सबकी चित्र लिपि इसी नग्न पहाड़ पर बनाता। कोई इसका अर्थ निकालने की शुरुआत करें तो ये महज चित्र है, लेकिन पिल्लू के लिए खुशियों से भरा संसार है। यहाँ माँ के साथ सारा गाँव उसको प्यार करता है। उसकी छोटी छोटी आँखें उस धुएँ को देख रही थी, जिसके चितकबरे प्रकाश में आशाओं का छल्ला बन और बिगड़ रहा था। उसका मन उस धुएँ के साथ मिल गया। धीरे-धीरे अपनी इसी दुनिया में ओझल हो गया।

उस दिन बेहद उमस भरा दिन था। बादल धीमे-धीमे उदासी में डूबे से रेंग रहे थे। मानो नीचे के सोते हुए सागर के ऊपर एक उमड़ता सागर रख दिया हो। बादल लहरों की भांति ही प्रतीत हो रहे थे। वह नहीं जानता था ऐसी उदासी उसकी जिंदगी में आनी वाली है। दोस्तों के साथ खूब मस्ती की। खुशी के उन पलों में एक क्षण को ठहरता है। भूख का एहसास होता है, अब खाली पेट भला कोई खुश कैसे रह सकता है। अच्छा खाने के लिए वो सब बड़ी और अच्छी दुकान की ओर बढ़ जाते हैं। शर्मा जी दुकान में गरमा गरम समोसे बना रहे थे। वह बड़ी शान से कहता है, आओ सब अंदर चलते हैं। साथ में आया एक लड़का अब तक अपनी नई चप्पलों को सीने से चिपकाए नंगे पाँव चल रहा था। दुकान के अंदर आते ही झटसे पैरों में चप्पल पहन लेता है। वे डरते झिझकते कुर्सी पर बैठ जाते हैं। फिर दुकान का

जायजा लेते हैं। सामने की दीवाल पर बद्रीनाथ धाम का बड़ा सा फोटो लगा था। वह सब अपनी जगह से हाथ जोड़ प्रणाम करते हैं। पिल्लू प्रसन्नता पूर्वक पूछता है, कैसा लग रहा है तुम लोगों को? वह कहते हैं बहुत आनंद आ रहा है। पिल्लू हर्षमिश्रित आवाज में चार चाय और चार समोसे लाने को कहता है। कुछ क्षण माहौल शांत रहता है। अचानक बिन मौसम बरसात की तरह दुकान का मालिक आ टपकता है। इन बच्चों को देखकर चिल्लाता है,

"अबे ये दुकान के अंदर क्या कर रहे हैं? भागो यहाँ से।"

पिल्लू बोला,

"हम सब नहा धोकर आए हैं। हमारे कपड़े देखो उजले हैं।"

मालिक बाएं हाथ से अपनी मूंछ ऐंठता है, बोला,

"साले तु हारे थूथन में एक मारा तो सारी अकड़ बाहर आ जाएगी।" वह घबराकर अलग बगल देखने लगता हैं और दुकान से बाहर आ जाते हैं। नौकर उन्हें समोसा और चाय पकड़ा देते हैं। वो थोड़ा किनारे जा कर खाते हैं। उनमें से एक कहता है, यह लोग अभी भी यह सब मानते हैं। मानते तो सभी हैं, बस कुछ जताते नहीं। खैर...! हमें क्या, हम अपनी पार्टी क्यों खराब करें। इसके बाद वह उछलते कूदते अपनी राह पर चल देते हैं। वह पतली गली के रास्ते मंदिर की ओर गए। मंदिर की बाई तरफ कुछ कमरे बने हुए थे। कमरे के आगे बने दालान में सूरज की रोशनी खिड़की से आ रही थी। छोटे से दर्पण से होतें हुए बहने वाले प्रकाश से कमरे के अंदर रखीं मूर्तियों वाला कमरा देदीप्यमान हो रहा था। पूरा कमरा प्रकाशमान लग रहा था। अचानक याद आया कल गणगौर की पूजा है। पूजा के लिए कुछ मूर्तियाँ महंत जी के बाड़े में बनी दालान में रखी हुई थी और कुछ इन कमरों के अंदर। पिल्लू उन मूर्तियों को रुक कर नजर भर देखता है। उन लड़कों से कहता है कितनी खराब बनाई है। छि... जरा नाक तो देखो टेढ़ी कर दी। यार तुम लोग ठहरो, मैं अंदर जाकर ठीक करके आता हूँ। वह उसे रोकते हैं, पिल्लू मत जा। वह अंदर कमरे में है कहीं कोई आ गया तो लेने के देने पड़ जाएंगे। घबराओ मत मैं गया और आया। यह कहते हुए उस बाउंड्री को लाँघ कर अंदर चला जाता है। दोपहर के वक्त यहाँ कोई आता जाता नहीं था। महामारी के कारण महंत जी भी कई कई दिनों यहाँ का रुख न करते थे। वह निश्चिंत होकर कमरे में चला गया। वह इन्हें ऐसे नहीं छोड़ सकता है। वह अपने नन्हें हाथों से उन्हें बड़ी तन्मयता के साथ सँवारने लगता है। बनाने वाला शायद खाना खाने गया होगा, क्योंकि सारा सामान ज्यों का त्यों पड़ा था। उसे आसानी हो गई, वह इशारे से फुसफुसाकर दोस्तों से पूछता है, अब ठीक है? वे सब पिल्लू को इशारा करते हैं, भागो कोई आ रहा है। जब तक वह समझ पाता, वह कारीगर आ जाता है। माहौल बिगड़ते देख बाकी लड़के डर कर भाग जाते हैं। रह

जाता है बस पिल्लू। वह घिघियाकर कहता है, मैं तो इन्हें सही कर रहा था। शोर सुन मंदिर के आसपास के दो चार लोग और जमा हो जाते हैं। तभी महंत जी आकार गुस्से में बोलते है,

"क्यों रे पिल्लू, तू फिर आ गया चोरी करने।"

उनकी गालियाँ अत्यधिक विविधता पूर्ण थीं। शब्द दर शब्द अंदर तक भेद रहे थे।

"साला हरामी का पिल्ला, न बाप का पता न जाँत का पता।"

"सारा दिन यही डोलता रहता है। फिर बाद में चोरों की तरह घुसता है और कहता मैं चोरी नहीं कर रहा था।"

"तुझे किसने इजाजत दी इन मूर्तियों को छूने की। कल पूजा है, तूने ये मूर्तियाँ अपवित्र कर दी।" पिल्लू अचंभित हो कहता,

"मेरे छूने से भला भगवान कैसे अपवित्र हो जाएंगे? आपकी तरह उन्होंने मुझे भी बनाया है।" "आपकी प्रार्थना वह मंदिर के अंदर से सुनते हैं हमारी बाहर से। फिर फर्क किस बात का।"

उनके पास इस बात का कोई जवाब नही होता है। बच्चे से खुन्नस निकालने के लिए वह गुस्से में अपनी धोती उठा कमर में खोंसते हैं और पास पड़ी लकड़ी उठाकर मारते हैं, अपने मुँह में भरी पान की पीक उसके चेहरे पर थूँक देते हैं।

"निक मे जानवर...! तुम लोग रिरियाते हो, गंदे कुत्तों की तरह हमारे आगे पीछे पूँछ हिलाते फिरते हो। तु हारे ऊपर रहम करो तो सर पर नाचने लगते हो।"

"तुम न रहम के लायक हो और न ही तु हारा कोई रहीम।"

मंदिर की घंटियों, आरती की घनघनाहट और मंजीरों की झंकार के बीच गूंजते, "दीन बन्धु दुःख हर्ता, तुम रक्षक मेरे" आरती के इन शब्दों के बीच उस बच्चे की आह भी गूँजती है, वह बिना रुके लगातार छड़ी से उस पर वार करते रहे। उस मरियल बच्चे में कितना दम था। थोड़ी ही देर में वह बेहोश हो जाता है। तो उनका गुस्सा कुछ शांत होता है। दर यात करते लोग समझाते हैं, यह आपने क्या किया? कहीं बवाल न हो जाए? वैसे भी चुनाव का माहौल है। ऐसे समय ऐसी बात खूब तूल पकड़ती है। वह गुस्से में अभी भी हाँफ रहे थे। यकीनन तुम सब सही कह रहे हो। सभी को इन्हीं की पड़ी है। इनके पास मनरेगा है, जॉब कार्ड है, राशन कार्ड, मु त चावल आटा, और ऊपर से दो हजार रुपये गरीबी का भत्ता भी। एक वर्ग ऐसा है, जो मंदिर, देवालयों में, गृहस्थों के घर जाकर आजीविका चलाने वालों का है। मंदिर में लॉकडाउन के चलते भक्त आ नहीं रहे। टूरिस्ट भी लापता हैं, आरती की थाली में चढ़ावा नहीं आ रहा है, ट्रस्ट में पैसा नहीं है। दुनियाँ को वैभव का आशीर्वाद देने वालों के बच्चे आज सामान्य जीवन को तरस रहे हैं। उनका दर्द

किसी को नहीं दिखता। फिर माली को आवाज लगाते हैं। जा इसको इसके घर छोड़ आ। इस घटना से पिल्लू एक दम टूट जाता है। शरीर की चोटें भर जातीं हैं लेकिन मन के गहरे में एक डर बैठ जाता है। अब वह कहीं नहीं जाता। बस सारा समय घर में ही पड़ा टीवी देखता रहता। चित्रकारी बंद कर देता है और शिल्पकारी का सामान देखते ही डर से काँपने लगता है। उस हादसे से वह उबर ही नहीं पा रहा था। बीते दिनों का अस्तित्व मन की गहराई में समाया हुआ था। पिल्लू आंखें बंद कर लेता था। उसे जीवन के नए फ़लसफ़े समझ में आने लगे थे, उस धरती का राज जिसकी मिट्टी से बना हुआ था। बोझ से आँखे मुंदी जा रही थी। समाज की कड़वी सच्चाई बाल मन में छप गई थी। माँ उसे यूँ पड़ा देख उकता गई थी। वह कहती बंद करो अपने यह नाटक, गुनाह किया है तो दर्द तो भुगतना पड़ेगा। अब सारा दिन और नहीं झेला जाता तु हारा यह थोबड़ा। तेजी से दरवाजा खोलकर बाहर निकल गयी। दरवाजा अभी भी उसकी मौजूदगी का एहसास दिला रहा था। कुछ क्षण यूँ ही आगे पीछे डोलता रहा और वह बिना कुछ बोले एक के बाद एक हर क्षण के बीतने की बाट जोहने लगा। तभी दरवाजे पर कुछ हलचल हुई। आखिर दरवाजों की दरारों से सूरज की किरणों ने भीतर झाँक कर देखा। अंधेरों को अपने चमकदार डोरों से बींध डाला। बाहर डगों की आवाज सुनाई दी। कोई दरवाजे पर आया, एक क्षण ठिठका और फिर भड़ से दरवाजा खोल दिया। उसने देखा फट्टी वाले बाबा तेज तेज डग भरते चले आ रहे हैं। हे भगवान दया करना, वह बुदबुदाए। वह पास पड़ी तिपाई पर बैठ गए।

"तू इतने दिनों से मिलने क्यों नहीं आया?"

पिल्लू...

"मैं बीमार था"

बड़ी मुश्किल से तेरा घर पूँछते-पूँछते आया हूँ। उस दिन जो कुछ भी हुआ मैं सब जानता हूँ पिल्लू बोला...

"मैं तो सिर्फ मूर्तियों में कुछ ठीक करने की कोशिश कर रहा था, कोई महा पाप नहीं किया। भगवान ने जाँत पाँत क्यों बनाया?"

बाबा हँसते हैं, भगवान ने सिर्फ इंसान बनाए हैं और हमारे काम ने हमें जातियों में बांट दिया, उसके यहाँ सब एक बराबर हैं। तुम क्यों नहीं कुछ ऐसा काम करो कि अपना सर गर्व से उठाकर बात कर सको। सबकी स्वतंत्र आत्मा है। जब मैं खुद के साथ होता हूँ तो बहुत खुश होता हूँ और पिल्लू, तुम तो आकाश हो जितनी मर्जी उतना बरसो। यह कहते हुए अपने साथ लाए सूती कपड़े का पुराना सा थैला जिसके ऊपर लाल रंग से गायत्री मंत्र लिखा था, काँपते हाथों से उसे टटोलते हैं फिर उसमें से एक लंबा सा दुपट्टा नुमा कपड़ा निकालते हैं जिस पर नीले रंग से रेशमी

धागों से झंडे का चक्र और लाट बनी हुयी थी, फिर उस पुलंदे नुमा कपड़े को गोल गोल करते हुए खोलते हैं। अंदर से सहेज कर रखा हुआ पुराना कागज का टुकड़ा निकलता है। जिस पर कुछ लिखा होता है। वह कागज पिल्लू की तरफ बढ़ाते हैं। वह आश्चर्यचकित होकर अटक अटक कुछ पढने की कोशिश करता है.. बे..स्ट शिल्प...कार। अच्छा ला मैं ही पढ़ देता हूँ। उन्हें सर्वोच्च संगतराश का अवार्ड राष्ट्रपति से मिला था। पिल्लू खुश होकर बैठ जाता है। एक पल में वह अपने सारे दर्द भूल जाता है।

''बाबा आप इस गाँव में क्या कर रहे हैं? एक लंबी कहानी है। जिस दिन मुझे अवार्ड मिला, उसके कुछ ही दिन बाद दिवाली थी। मैं परिवार के साथ सामान खरीदने गया। मैं जिस मॉल में शॉपिंग कर रहा था वहाँ आतंकवादियों ने बम रखा था। बम के धमाके से न जाने कितने परिवार उजड़ गए। उनमें से मेरा भी एक परिवार था। मैं बच गया क्योंकि उस वक्त मैं किसी काम से मॉल के बाहर आ गया था। एक ही पल में सब कुछ बिखर गया। मैं पागल सा हो गया। दो बार आत्महत्या करने की कोशिश की, लेकिन हर बार बच गया। उन्हीं दिनों अस्पताल में मेरी मुलाकात एक ऐसे सज्जन से हो गई जो मुझे बुद्ध की धरती पर ले आए। वहाँ मुझे अलौकिक एकांत की अनुभूति हुई। मेरे मन के मरुस्थल पर कोंपले फूटने लगीं। जीने की चाह न सही, आत्मा के संतोष के लिए मुझे स्वंय के लिए स्वर्ग चुनना था। उस माटी से बौद्ध धर्म के मंत्रों की आवाजें उठती थी। जिसने मेरे अस्तित्व की गहराइयों में धीरे धीरे अपनी जगह बना ली। आखिर कब मैं ऐसे एकांत में बैठा था। अकेला किसी साथी के बगैर, किसी खुशी या गम के बिना, सिर्फ शांत रहने के पवित्र निश्चय के साथ। आखिर वह कौन सा वक्त था जब मैं अभिलाषाओं से विहीन था। इसके बावजूद मैं संतोष महसूस कर रहा था। वह पल कब आएगा जब मेरे मन की सारी इच्छाएं खत्म हो जाएंगी और मैं वहाँ से निकल जाऊँगा। मेरा शरीर बीमारी और अपराध बोध से मुक्त होगा, मृत्यु को नजदीक पाकर भी मुक्ति का बोध होगा और मैं पूरी तरह चिंता मुक्त हो जाऊँगा, लेकिन ऐसा क्षण तो नहीं आया, लेकिन मरने का याल निकाल दिया। फिर से शिल्पकारी शुरू कर दी, अपनी आत्मा की खुशी के लिए जीने लग गया। यह सब कहते हुए उनकी आँखें झलझला आयीं। सफ़ेद कोरों से पतली सी धार बह निकली, वो उठे और तेज कदमों से वापस चले गए।

अल सुबह ही पिल्लू उठा और थैले में कुछ जरूरी सामान रखा और बाबा के तिरपाल में पहुँच गया। अब लोगों को तिरपाल के अंदर और बाहर से छेनी हथौड़ी की आवाजें आती रहती। गणेश चतुर्थी में बहुत थोड़ा वक्त बचा था। गाँव में सालों की परंपरा थी कि गणपति विराजें। महामारी के चलते गाँव का एकमात्र गणपति

बनाने वाला कारीगर मर गया था, पीओपी की मूर्ति रखना पर्यावरण को नुकसान पहुँचाना भी था। वैसे भी इस महामारी में लोगों को पर्यावरण के माध्यम से ऑक्सीजन की महत्ता समझ में आ गई थी। कितने लोग ऑक्सीजन की कमी से स्वर्ग सिधार गए थे इसलिए इस बार सिर्फ मिट्टी के गणपति बिठाने थे और पर्यावरण भी बचाना था। महंत जी पर्यावरण के प्रति बहुत अधिक जागरूक थे जिसके चलते उन्हें पिल्लू से गणपति बनाने को कहना पड़ता है। यकीनन उनकी आवाज में याचना नहीं सिर्फ आदेश था। पिल्लू बोला, ठीक है। गणेश चतुर्थी के एक दिन पहले दो फुट की सुंदर प्रतिमा महंत जी के आगे लाकर रख देता है। खूब धूमधाम से बप्पा को सजा सँवार कर बैठाया जाता है। रंग बिरंगे फूलों के शृंगार से बप्पा और निखार आए थे। वह पंडाल की झाँकी देखने अपनी माँ के साथ जाता है। उत्साह से लबरेज माँ को निकट से बप्पा को दिखाता है। खुश होकर माँ उसे सीने से लगा लेती है। तभी ऊँचे टोले के कुछ शरारती बच्चे आते हैं और उसे धक्का देते हुए पंडाल से बाहर कर देते हैं। वह लड़खड़ा कर गिरने ही वाला होता है कि कोई हाथ उसे थाम लेता है। स्नेहिल हाँथों का स्पर्श पाकर पीछे मुड़ देखता है महंत जी मुस्कुराते हुए उसे सहारा देते हैं और कहते हैं ..

''एक जीत ऐसी भी होती है, जो उसको मिलती है, जो हार तो जाता है, पर लड़ता कभी नहीं।''

''आ...चल मेरे संगतराश।''

मंगते का दिल

प्रेम और मोह दोनों को लेकर हमारे जीवन में एक जैसे मायने है। प्रेम के अलग-अलग रंग हैं, लेकिन सच्चा प्रेम सिर्फ़ किस्से कहानियों में ही मिलता है। कई बार दैहिक आकर्षण को ही प्रेम समझ लिया जाता है। हालांकि यह प्रेम या मोह कुछ नहीं होता है। प्रेम होगा तो दुख होगा ही। जिंदगी में जो देखा भोगा है उस का डर मन में बस गया है, पर मैं इस फ़लसफ़े से इत्तेफाक नहीं रखती कि डर प्रेम है, जहाँ खोने का डर आ जाए वह प्रेम नहीं है। सच्चा प्रेम आपको खोने के डर से कहीं दूर ले जाता है। वह सिर्फ़ प्यार करना जानता है। वह एक दूसरे के अंतस में उतर जाते हैं। जहाँ खोने का डर आ गया वह प्रेम नहीं मोह है। कई बार अक्सर उसे प्रेम समझने की भूल हो जाती है। जीवन में प्रेम के कई रूप हैं। पति पत्नी, प्रेमी प्रेमिका, पुत्र पुत्री, गुरु शिष्य, भक्त और भगवान, इन सब में प्रेम है। बच्चे की उजली श फाक मुस्कान, माँ का नम दुलार, अंतरंग सखा की आसक्ति, सहोदर का स्नेह, प्रेमी प्रेमिका का चाहना। प्यार महीन बीहड़ गलियों में टेढ़े घुमावदार रास्तों पर उतरना है। जब आप मोहब्बत में होते हैं तो आप कुछ भी कर गुजरने का हौसला रखते हैं। जब आप मोह में होते हैं, तो इनको खो जाने का भय होता है। जिन रिश्तो के नाम होते हैं उन्हें प्रेम करने के लिए परिभाषित किया जा सकता है, पर कुछ रिश्ते ऐसे भी होते हैं जिनका कोई नाम नही होता। हालांकि कई दफा प्रेम भोला और सहज हो जाता है, उस रिश्ते का नाम न होने से उसको हम प्रेम समझ बैठते हैं और जिंदगी में उथल-पुथल शुरू हो जाती है।

ताशा की जिंदगी में इनदिनों कुछ ऐसी ही उथल पुथल हो रही थी। काश वो यहाँ ट्रान्सफर लेकर न आयी होती। विचारों के जाल जो जेहन में उठापटक मचा रहे हैं, वह न होती। वैसे भी हम जो चाहते हैं वह कहाँ होता है, रात दिन अपनी गति से चलते हैं। कुदरत के आगे भला कभी किसी की चली है क्या? जो होना है जब होना है वह होकर ही रहता है। कभी-कभी रातें इतनी सुहानी लगती कि लगता सूरज न निकले, कभी ना डरने वाली रात बन जाए, तो कभी खुशनुमा सुबह का

इंतजार रहता, पर कभी-कभी कोई दिन तारीख समय जीवन में इतने दर्द भर देता है कि हम उन्हें चाह कर भी अपने से अलग नही कर पाते, न चाहते हुए भी हमारे दिलोदिमाग में छाया बन घूमता रहता है। ताशा का बस चलता तो उस तारीख को कैलेंडर से नोच कर फेंक देती। यह न कर सकी तो उसे भुलाने के लिए, नए शहर आ गई। कहने को तो इस शहर में उसका कुछ नहीं था। अपना सब कुछ तो उसी शहर में छोड़ आई थी, जिसने उसे दर्द के सिवा कुछ ना दिया। उसके हमेशा गम के साए में डूबे रहने के कारण श्लोक चिंतित रहता था। वह उन अँधेरों से निकलना ही नहीं चाहती थी। श्लोक ने कुछ एक महीने पहले अपनी पोस्टिंग पूना करा ली। वहाँ शि ट हो गया। कुछ महीने बाद ही उसने ताशा की मेडिकल रिपोर्ट के सहारे उसका ट्रांसफर भी पुणे में करा लिया। ताशा ने भी दोबारा जीना शुरु कर दिया था। जवाज़ भी यही था। वैसे उसे अब खुशियों की दरकार नहीं थी। अपने गमों से ही उसने दोस्ती जो कर ली थी। ग़मों के साए में रहना भी कभी-कभी सुकून भरा एहसास दे जाता था।

आज करवा चौथ है। बीते सालों में ऐसा कभी नहीं हुआ जब उसने व्रत रखा हो और जेहन में श्लोक के सिवाय किसी और का याल भी आया हो। हमारे समाज की रिवायत भी है, उस दिन सिर्फ़ पति को याद करें, यही मुकद्दस भी है। यह एक पत्नी की अकीदत भी। किसी ने सच ही कहा है कि जो दिलों दिमाग में होगा उसका ही याल आएगा। आजकल ताशा का दिल दिमाग सोमवार से शुक्रवार के इर्द गिर्द ही गुजर जाता था। सितंबर का महीना है, फिर भी सूरज धूप बरसाने में इस कदर तुला है, लगता है आज तो शज़र को भी छतरियाँ लगानी पड़ जाएगी, पर उसे न तो भूख थी न प्यास। वह उसकी खुशियों का अंबर और प्यार का समंदर बनता जा रहा था। ताशा को हर पल उसकी आँखों में असरार और इज़्तिराब नजर आता पर उसे कहाँ हाफिज़ा था। वह तो उसकी आज़ार (तकलीफ) का इ तताम बनकर आया था। इस प्यार में वासना नहीं, आसक्ति नहीं, न वादे थे न कसमे थीं, न मन में उठती उमंगें न ही वो प्यार, न वो कशिश, न ही उसकी चाहत थी कि उसके कहने पर वह आसमान से चाँद तारे तोड़ उसके आँगन में उतार दें, उनके प्यार में न ऐसे वादे थे न हसरतें, न वादा खिलाफ़ी थी, न मोहब्बत में बेवफाई थी। फिर ये कैसा प्यार था? उसे देखते ही दिल में सुकून सा तारी हो जाया करता था। मन में हर वक्त खुशियों का नशा सा छाया रहता, दिल समुद्र की लहरों में चलती नाव सा हिचकोले खाने लगता। साथ मरने की वाहिश थी न साथ जीने की चाहत थी। उसके होने के व्याकरण से सिरजी हुई ज़िन्दगी से उम्र की लकीरें गायब हो रही थी और गायब हो रही थी चेहरे की उदासी। खुशियों की लालिमा चारों ओर ठुनक-ठुनक बिखर रही थी। सजना सँवरना भाने लगा था। फिर से दिल में जीने की

चाहत जाग गई थी। उम्र की ढलान पर फिसलते हुए कदम वापस यौवन की ओर मुड़ रहे थे। सोमवार से शुक्रवार तक के दिन उसकी चाहतों में रंग भरते थे। हर समय श्लोक से बात-बात पर उखड़ जाने वाली ताशा अब कभी-कभी ही सही, दो बोल प्यार के बोलने लगी थी। श्लोक रोज उससे पहले घर पहुँचकर चाय बनाकर ताशा का इंतजार करता, जब वह आती तो दो घड़ी बैठ कर चाय पीते फिर अपनी-अपनी दुनिया में खो जाते। बस यही इन पति पत्नी की दिनचर्या थी।

श्लोक ताशा को बहुत प्यार करता था। उसे खुश रखने की कोशिश में लगा रहता। इतने लंबे अंतराल के बाद जब वह ताशा को मुस्कुराते देखता तो खुशी से फूला न समाता। वह खुश था, देर से ही सही ताशा ने जीने की पहल तो की। वो नहीं जानना चाहता था इस खुशी क़ी वजह ! वह खुश...खैर ताशा और श्लोक दोनों को जीने और मुस्कुराने की वजह जो मिल गई थी। जब भी वह उसे देखती उसके ज मों में मरहम सा लग जाता। जैसे तपते रेगिस्तान में बारिश की बूंदों ने अपनी आमद कर दी हो, वह सामने खड़ा उसे एकटक घूर रहा था। आसमान से आफ़ताब की किरने सीधे उसकी बालकनी को नहलाते हुए बेडरूम की खिड़की के दराजों से अंदर एक लकीर के रूप में बिखर रहीं थीं। वो बच्ची बन अपनी हंथेलियों में उसे बंद करने की कोशिश करती, हथेलियाँ बंद करते लबें उसके हाथों पर बिखर जाती वो फिर कोशिश करती, लबों से खेलते वह किसी अबोध बालिका सी नजर आ रही थी, सहसा कुछ याद आया। पास पड़ी तोलिये को उठाकर, अपने गीले बालों को सुखाने लगी। ऐसा करते वक्त वो लट भी गायब हो गई जो कुछ देर पहले उसके चेहरे के नूर को बढ़ा रही थी। बाहर का मौसम शगु ता था। बालकनी में आकर खड़ी हो गई। जनवरी का महीना था। धनकती धूप के साथ नसीम बयार बह रही थी। तभी उसकी नजर सामने बने लैट पर गई। वह उसे अभी भी एकटक निहार रहा था। नजरें मिली और वो हड़बड़ा गई। झट से नजरे हटा दूसरी तरफ देखने लगी। वह अभी भी उसे ही देख रहा था। कनखियों से वह खुद भी एक आध बार उसे निहार लेती। एक आध मिनट तक ये खेल चलता रहा तो उसे गुस्सा आ गया। तेजी से अंदर गई और बालकनी का दरवाज़ा झटक कर बंद कर दिया। उसकी खिड़की से सामने के लैट की बालकनी से अंदर देखा जा सकता था। याल आते ही झट से पर्दा खींच दिया। चालीस के दशक में उसे ये एक कॉ प्लीमेंट लगा। मुस्कुरा कर अपने काम में लग गई। दो दिन बाद उसे बैंक में ज्वाइन करना था। शि टंग की भागदौड़ में काफी थक गई थी। कल शाम ही ताशा ने श्लोक से कहा यह बड़े शहर की भीड़ भाड़ में उसे गाड़ी न चलाई जाएगी, वो उसे ऑफिस छोड़ देगा क्या? श्लोक बोला,

''नहीं ताशा तुम खुद जाओ।'' तुम अब मैनेजर हो। कई बार तु हें साइट पर

जाना हो सकता है, इसलिए अब तुम ही...''

ताशा बीच में बोल पड़ी,

''ठीक है, अब शुरू मत हो जाना।''

ताशा को पुणे जैसे बड़े शहर में थोड़ी घबराहट थी। खैर छोड़ो अब कल देखेंगे। क्यों न नीचे पार्क में घूम आयें। श्लोक चलोगे क्या... ? उसे शायद श्लोक का जवाब पता था। बिना उत्तर की प्रतीक्षा के बाहर आ गयी। लि ट से बाहर निकलते ही बच्चों का शोर सुनाई देने लगा। तभी एक गेंद उसके पैरों के पास आकर रुकी। उसने गेंद उठा ली। एक गोल मटोल सा बच्चा भागता हुआ आया और उसके हाथ से गेंद झपट ली। थैंक यू आंटी कह के भाग गया। ताशा के चेहरे पर मुस्कान तैर गई। नीचे पार्क में चारों तरफ चहल-पहल थी। कुछ औरतें टहल रहीं थीं। कुछ बैठ कर बात-चीत कर रहीं थीं। कुछ बुजुर्ग ला टर थेरेपी ले रहे थे। वह अभी कुछ दिन पहले आई थी, इसलिए किसी को जानती नहीं थी। हालांकि एक दो आंटी टाइप औरतों ने उसको मुस्कुरा कर अपने पास आने का न्योता भी दिया। उसने दूर से ही मुस्कुराकर अभिवादन किया। और कानों में ईयर फोन लगाकर पार्क के चक्कर लगाने लगी। तीन चार राउंड में ही थक कर बैठ गई और व्हाट्सएप देखने लगी। एकाएक भान हुआ, थोड़ी दूर पार्क के दूसरे कोने में बैठा नवयुवक उसे निहारे जा रहा है। वह असहज महसूस करने लगी। ताशा ने देखा अरे यह तो वही है जो उस दिन छत पर खड़े होकर घूर रहा था। ताशा ने पाया उसकी आँखों में अनगिनत सवाल थे। जैसे वह उससे कुछ कहना चाह रहा हो। वह उठकर उसके पास आने लगा। लगता था किसी भी पल लब बोल पड़ेंगे। वह कोई चौबीस-पच्चीस साल का युवक था। पहले तो ताशा ने सोचा बात करूँ, फिर अगले ही पल सोचा क्या बोलूँगी। तुम मुझे क्यों घूर रहे हो.... ? किसी को देखना क्या जुर्म है और अब तक उस युवक ने ऐसी किसी भी मर्यादा का उल्लंघन भी नहीं किया था। ताशा को अपने पर रश्क हो आया। वह अभी इतनी खूबसूरत है। तभी तो बयालीस वर्ष की उम्र में नौजवान के दिल की धड़कनों में भी रास्ता मिल गया। उसके दिल पर कब्जा कर बैठी है। अगले ही पल वो पास आता वह तेजी से पलट कर वापस लि ट की तरफ बढ़ गई।

सुबह अलार्म की आवाज से नींद खुली। फटाफट तैयार होकर ऑफिस निकल गई। पहला दिन था जॉइनिंग का। तो द तर वालों ने बुके से उसका स्वागत किया। सबने भरपूर प्यार और उत्साह से उसका स्वागत किया। अपने केबिन में जाने के लिए आगे बढ़ी ही थी, द तर की भीड़ में वह पार्क वाला चेहरा नजर आ गया। वह सकपका गई। यह यहाँ क्या कर रहा है... ? क्या यहीं काम करता है... ? न जाने कितने सवाल दिमाग में एक साथ घूम गए। केबिन के अंदर से बैठकर वह बाहर

देख सकती थी। उसकी बाई तरफ शीशे की दीवार थी उस पर कर्टन लगे थे। पर कर्टन के बीच एक अनचाही सी दरार पड़ गई थी। उसने उस दरार से झाँका। उसके केबिन के बाहर तीन सीट छोड़ चौथी सीट पर बैठा कुछ काम कर रहा था। पहली सीट पर स्टेनो बैठती थी, दूसरी सीट पर मुरलीधर कुंडे बैठते, जो ऑफिस में सबसे सीनियर पर्सन थे। थोड़ी देर पहले अभी अभी इशारों में उन्होंने ताशा को भी समझा दिया था, सारा स्टाफ उनकी बहुत रिस्पेक्ट करता है, पुराने वाले साहब तो बिना उनसे पूछे कोई डिसीजन नहीं लेते थे। वह भी उनकी बेटी जैसी है। जब चाहे मदद ले सकती है। चौथी सीट मुरली जी ने बताया था यहाँ कुछ दिन पहले डेली बेसिस पर एक प्रोग्रामर अपॉइंट किया था, शायद यह वही है। ताशा कनखियों से सारा दिन उसे देखती रहती। वह सारा समय कंप्यूटर पर अपनी गर्दन झुकाए रहा।

गुजरते दिनों के साथ चाहे अनचाहे उसके बारे में सोचने लगी। इसने लंच में खाना खाया या नहीं। बेचारा सारा समय कैसे मन लगाकर काम कर रहा है। क्या अपने आसपास किसी से बात भी करता है... ? अभी तक उसने उसे किसी से बात करते भी नहीं देखा। वह उसके जेहन में उतरता जा रहा था। न दिल से अपनाया, नताशा ने उसे गैर समझा। पर उसे उसकी सादगी पर फिक्र थी। यह भी एक रिश्ता है जिसमें कोई भी रिश्ता नहीं। इसी तरह दिन गुजरने लगे। रिश्तो की डोरी तब कमजोर हो जाती है जब गलतफहमी में पैदा होने वाले सवालों का जवाब खुद ही बना लिया जाता है। उस दिन भी यही हुआ, जब श्लोक ने पूछा आज बड़ी देर हो गई। मार्च का महीना होने के कारण आफिस में काम ज्यादा है। बेतकुल्लफी से जवाब दिया ताशा ने। वह खुद भी नहीं समझ पाई दिमाग कुछ कहना चाह रहा था दिल कुछ, जबकि आफिस में ऐसा कोई काम नही था, वह उसके साथ समय बिताना चाह रही थी सो आफिस में रुक गयी। आज उस युवक का बर्थडे था। शाम को ऑफिस में दो चार लोग मिलकर सेलिब्रेट करना चाह रहे थे, पर उसे किसी ने नहीं बुलाया। पर वो अपने दिल के हाथों मजबूर थी। वह उस को विश करने के लिए देर तक ऑफिस में रही। काम के बहाने रुकी रही। जब सब ने केक काटा तो वह वहाँ मौजूद थी। कुछ एक पल रुककर वापस अंदर आ गई और शिष्टाचार वश चपरासी से कार्ड और फूल भिजवा दिए। उसकी आँखों में हर समय सवाल तैरते रहते लगता वह उससे कुछ कहना चाह रहा है। वह कब किसके सामने क्या कह दे ताशा को हर समय डर बना रहता, इसलिए वह उसके सामने ज्यादा देर न टिकती। आज उसने पहली बार श्लोक से झूठ बोला था। अगले पल मन को खुद ही समझाती।

वक्त तो होता ही बदलने के लिए, ठहरते तो बस ल हे हैं। एक सुकून सा मिलता था उसे जब वह उसे देखती थी। बिन छुए बिन बोले उसकी रूह में उतरता

चला जा रहा था। सोचती बहुत जी लिया दुखों के साथ। क्यों ना चलो थोड़ा सुकून से जिया जाए। जो ज म दिल दुखाते हैं। उनसे थोड़ा दूर रहा जाए। ताशा ने दुखों से लगभग किनारा सा कर लिया था।

डिनर के बाद श्लोक सिर्फ़ टीवी के सामने होता और ताशा बालकनी में टहलती उसका इंतजार करती। अब पहली जैसी रातें न थी। वह अपनी बालकनी से उसे अपलक निहारते रहता और उसकी आँखें हर समय सवाल करने को बेताब रहतीं। वह दिन और दिन की तरह ही था। आज उसकी मीटिंग थी। होटल से सोचा सीधे घर चली जाऊँ, पर कल इतवार था और उस दिन वो शायद घर पर ना होता था। यह दिन उसे कुछ खास न लगता। सोचा क्यों ना एक चक्कर ऑफिस चली आऊँ। काफी काम पेंडिंग पड़ा है। हाल में पहुँचते ही देखा कुंडे जी उस युवक पर बिगड़ रहे हैं और वो सॉरी कह रहा है। उनका ऐसा करते देख वह गुस्से से तेज़ लहजे में गरजी कि आप किसी पर इस तरह क्यों बिगड़ रहे हैं? क्या आपको यह करना शोभा देता है? वह एक लय में कहे जा रही थी। उसका चेहरा लाल हो गया। ओंठ तेजी से फड़क रहे थे। जब सारी भड़ास निकल गई तब उसे एहसास हुआ, वह झेंप गयी। कुंडे जी बोले मैडम इस लड़के को दो दिन से बुखार आ रहा है लेकिन यह रोज द तर आता है। कह रहा है पैसा कट जाएगा। बैठे-बैठे काम ही तो करना है, तभी मैं इसे डांट रहा था। सॉरी सर मैंने गलत समझ लिया और उससे बोली आप एक दिन की लीव ले लो। जल्दी ठीक हो जाओगे और तेजी से आगे बढ़ गई फिर पलटकर बोली पैसा नहीं कटेगा वह कुछ कहता तब तक वो अंदर आ गई। ताशा ने अपने डर पर झीना आवरण डाल रखा था।

श्लोक को देखकर सोचती कि वो उसको धोखा दे रही है, वो एक बेचारा उसका कितना याल रखता और वह क्या कर रही है। कभी दिल में याल आता वह तुझे देखता है वह हर पल कुछ कहना चाहता है और तु हें अच्छा लगता है। जाने अनजाने ही सही तु हे उसकी फिक्र होने लगी है। यह प्रेम नहीं तो क्या है... ? उसका प्रेम सहज सरल भावना थी जिसे न बताने की जरूरत थी, न तर्क करने की। यह तो ताशा थी जो हर समय अपने विचारों और भावनाओं की चीरा फाड़ी करती रहती थी। श्लोक बड़ी देर से उसको देख रहा था। पर ताशा इन सब से अनजान थी। उसने ताशा के कन्धों को तेज़ी से झंकझोरा। ताशा तुम सोचती बहुत हो श्लोक बोला। तो दूर क्षितिज देखते हुए उसके ऊपर एक उदासी सी तैरने लगती। ताशा बोली, ''ऐसा कुछ नही है।'' एकबारगी तो लगता कि श्लोक को उस पर शक हो गया है। कहीं अपने ही हाँथों अपनी गृहस्थी में आग न लगा दूँ। सोंचते सोंचते ल हा बीत गया। कब आँख लग गयी पता ही नही चला।

आज कल ऐसे ही उसकी दिन, राते कटती थीं। वह ऐसा क्यों कर रही है।

वह तो सपने में श्लोक के सिवाय, किसी और के बारे में सोच नहीं सकती क्यों बार-बार वह यालों में आता है और सुकून सा तारी हो जाता है। वह क्यों ऐसा महसूस करती है? उसे खुश होना चाहिए या दुख नहीं समझ पा रही थी। तभी श्लोक की आवाज से तंद्रा टूटी। ताशा अखिला को जानती हो? कौन... ? वो 105 न बर वाली... ? हाँ यार वही श्लोक बोला। दोपहर में काफी हंगामा हो रहा था। सुना है अपनी आधी उम्र के लड़के से शादी कर ली। तो माँ काफी बवाल मचा रही थी। ये शब्द कानों में पड़ते ही वो पानी में पड़ी लाश के समान हो गयी न डूबा जा रहा था न ही उबर पा रही थी। ताशा को लगा कि किसी ने उसके गहरे ज़ मों पर नश्तर चुभो दिया हो और मवाद के साथ सवालों और विचारों का सैलाब उस नश्तर के चुभते ही बह निकले हों। उसे लगा, श्लोक बता नहीं रहे, उसे ताना मार रहे हैं। कहीं उनके दिल में उसकी तरफ से हुयी बेरुखी का एहसास हो आया होगा। जब दिल दिमाग के रास्ते अलग हो जाते हैं तो हम कुछ ऐसी झंझावातों में फँस जाते हैं। कभी दिल दिमाग पर तो दिमाग दिल पर हावी हो जाता है। उस एक पल में फैसला लेना मुश्किल हो जाता है।

अगली सुबह वो पत्थर सी खामोश रही। चुपचाप तैयार होकर ऑफिस निकल गई। कुछ फैसले मन ही मन लिए। जीवन में आने वाली मझधारों और भवरों का इल्म हो आया था। ऑफिस में आकर चुपचाप बैठ गई। खामोशी से कुछ पल यूँ ही सरक गए। सीट पर बैठे-बैठे चिलमन की दरारों से वह देख रही थी। वह चुपचाप हमेशा की तरह अपना काम किए जा रहा था। उसका चेहरा कुरान की आयतों के समान पाक दिख रहा था। कोई भी उसे देखता तो उसका माथा चूमने को जी करता। बीच-बीच में अपना चश्मा ठीक करता। कभी हाथों से बालों को उलझा लेता। कभी इधर उधर देखता। ताशा जब भी यूँ छिप कर देखती उसके दिल में एक टीस सी उठ जाती। उसके आँखों के असरार ताशा के दिलो-दिमाग में उतरते चले जा रहे थे। उसकी भोली सूरत देखते ही ताशा के दिल में उसके लिए न चाहते हुए भी ज़ज्बात उमड़ आते। उसकी आँखों के उठते गिरते सवालों ने उसकी जिंदगी में उठापटक मचा दी थी। आज वह उससे पूछेगी आखिर वह क्या कहना चाहता है। क्यूँ मेरी जिंदगी को पहेली बना रहे हो। तुम मेरी लाइफ में कोई अहमियत ही नहीं रखते हो, बस मेरे द तर के ए पलाई हो, इससे ज्यादा कुछ नहीं और उसके हाथ पर लगी बेल पर गए। कुछ सेकंड में चपरासी आकर खड़ा हो गया। "कहिये मैडम जी" चपरासी बोला। जरा उस प्रोग्रामर को बुलाना। अपने लैपटॉप पर नजरें टिकाये बड़ी लापरवाही से बोली। उसने भरकस प्रयत्न किया कि वो सहज लगे। कुछ एक पल में उसने बड़े अदब से पूछा "क्या मैं अंदर आ सकता हूँ?" "आ जाओ..." कुछ कहने के लिए लब खोले ही थे, बिना किसी लाग लपेट के वो बोला... "मैम

मैं अल्फैज़ मलिक''!

अल्फैज़ मलिक नाम सुनते वह सालों पीछे लौट गई। कुछ पलों के लिए अपने वजूद को भूल गई। ल हे किसी टेप रिकॉर्डर में पड़ी कैसेट के समान अपने आप रिवाइंड होने लगे। घर में खुशनुमा माहौल था। सत्या सारा घर सर पर उठाए रहता था। घर का लाडला बेटा जो था। ताशा की दिनचर्या उस पर शुरू होती और उसी पर खत्म हो जाती। बेटे के बेहतर कैरियर के चलते वह उसे सारा समय न दे पाती, तो दादी बाबा को बुला लिया। उसकी अनुपस्थिति में दादी उसका पूरा याल रखती थी। उस दिन सब डाइनिंग टेबल पर बैठे खाना खा रहे थे, तभी सत्या अपने दोस्तों के साथ भागता हुआ आता, ''माँ.. माँ.. मैं फर्स्ट क्लास पास हो गया 90 परसेंट मार्क्स आए हैं।'' वह खुशी से उछल पड़ी, आखिर बेटे ने सफलता की तरफ अपना पहला कदम बढ़ा लिया था। इस दिन का इंतजार वो तब से कर रही थी जब सत्या का एडमिशन कराया था। उसे लगता जल्दी से बड़ा हो और दसवीं क्लास में टॉप करें। अपनी अधूरी हसरतों बेटे की वाहिशों में जीना चाहती थी। घर में जश्न का माहौल था। सभी मित्र बधाई देने आ रहे थे। सत्या खुशी से इधर उधर भाग रहा था। वह बेटे की बल्लैयाँ लेती, बीच-बीच में बुरी नजर से बचाने के लिए प्यार से उसका माथा चूम लेती। सत्या दादी से जिद करने लगा दादी मुझे गाड़ी चाहिए लेकिन ताशा इसके खिलाफ थी। उसने सत्या को समझाया कि अभी तुम बहुत छोटे हो, मैं तु हें गाड़ी नहीं दिला सकती। माँ को जिद्द पर अड़ा देख सत्या दादी बाबा को मनाने लगा। दादी प्लीज आप म मा को समझाओ, बाइक नहीं तो स्कूटी दिला दो। दादी बड़े प्यार से बोलीं तो तू अब लड़कियों वाली गाड़ी चलाएगा। नहीं दादी, उसमे लड़कों वाली गाड़ी भी आती है मैं वो लूँगा, आप बस म मी को मना लो। सभी खुश थे आखिर उसकी बात मान ली। शाम को नई गाड़ी उसे दिला दी गई। सत्या स्कूल से आने के बाद सारा दिन कॉलोनी में गाड़ी चलाता रहता। ताशा बार-बार उसे समझाती बेटा ठीक से चलाना मोड़ पर देखना जब टर्न करना तो सावधानी रखना। सत्या बोला हाँ डोंट वरी मैं बड़ा हो गया हूँ। माँ कहती है पर समझदार नहीं।

वह दिन और दिन की तरह ही था। उस दिन बेहद उमस हो रही थी। थोड़ी देर पहले तेज धूप निकली थी। अचानक तमकते सूरज को बादलों ने चारों तरफ से घेर लिया था। अँधेरा छा गया था। सूरज को बादलों ने चारो तरफ से घेर कर लील लिया। ताशा ने पर्दे हटाकर देखा बाहर का मौसम अच्छा हो रहा था। यह बरसात का मौसम भी न नए-नए जमाई जैसे होता है, कबखुश हो जाय कब गुस्सा पता ही नहीं चलता। वह बाहर लॉन में आ कर बैठ गई। सर उठाकर आसमान को निहारने लगी। अचानक तेज बारिश होने लगी। बादल गरजने लगे बिजली कड़कने लगी। ताशा

डर गई और भाग कर अन्दर आ गई।

हे भगवान कैसी अजीब सी बारिश हो रही है। सुहावनी के बजाय डरावनी लग रही है। थोड़ी देर में बारिश थम जाती। तभी सत्या का दोस्त आता है। दोनों कॉलोनी के बाहर सड़क पर बने आइसक्रीम पार्लर में आइसक्रीम खाने चले जाते हैं। ब-मुश्किल से एक घंटा हुआ होगा तभी कुछ लोग भागते उनके पास आते हैं, श्लोक से कुछ कहते हैं और वह बदहवास बिना चप्पल पहने ऐसे ही भागते हुए जाता है। ताशा आवाज लगाती क्या हुआ श्लोक किसी अनहोनी आशंका से घिर जाती, घबरा जाती। थोड़ी देर में अनहोनी यथार्थ में तब्दील हो जाती। सत्या और उसके दोस्त आइसक्रीम पार्लर से वापस आ रहे थे तभी घर से महज एक किलोमीटर की दूरी पर एक तेज र तार सिटीबस ने उसे कुचल दिया। कई लोग इस हादसे का शिकार हो गए। ड्राईवर शराब पीकर गाड़ी चला रहा था। ताशा ने अपने बेटे को नसीहत तो दी थी पर ड्राइवर की माँ शायद नसीहत देना भूल गयी। अस्पताल ले जाते जाते सत्या ने माँ की गोद में दम तोड़ दिया। महीनों तक ताशा होश में नहीं थी। श्लोक ने उसी हादसे में घायल एक लड़के को सत्या का हार्ट डोनेट कर दिया।

ताशा की आँखों के आगे अँधेरा छा गया। शब्द पथरा गए। मुँह से बस इतना निकला मेरा सत्या....। आवाज रुंध गई। आँखों के कोरों से दुख बह निकला। लड़खड़ा कर गिरने वाली थी उसने सँभाल लिया, ताशा को आज किसी की परवाह न थी, आँखों से आँसू लगातार बहे जा रहे थे, सब असमंजस में उसे देख रहे थे। अल्फैज़ बोला क्या मैं आपको अ मी कह सकता हूँ... ? ताशा ने बिना कुछ कहे उसे सीने से लगा लिया। आज उसका माँ का रिश्ता पुनः जीवित हो उठा इस मंगते के दिल से।

आठवाँ फेरा...नो हुक-अप प्लीज..!!!

आदमी के आँखों का सूखता पानी और बहते आँसू की जि मेदारी भी बदलते दौर की कहानी हो चली है। रिश्ते ख़त्म होने की चली बयार में विश्वास, अपनापन, प्यार, लगाव के पत्ते पतझड़ के मानिंद सूखे हो गिर चुके हैं और बचा है केवल तना हुआ रिश्ते का नंगा दरख़्त जिसके नीचे संवेदनाये दम तोड़ती नजर आ रही हैं और हम बचे हुए रिश्तों के कंकाल को ढोते हुए विकास की तरफ बढ़ रहे हैं। हम उस पगडंडी को छोड़कर तेज़ र .तार जिन्दगी जीने के लिए सीमेंट की दौड़ती सड़क की ओर मुड़ गए जिस पर केवल रिश्तों की लाशों के ढेर पड़े हैं। इंसान रोबोट बनते जा रहें है और रोबोट इंसान। इस दौर में रिश्ते जीना तो चाहते हैं पर निभाना नहीं। रिश्तों का दर्द उठाना नही चाहते हैं। आनेवाली पीढ़ी रिश्तों को एन्जॉय तो करना चाहती है पर पैनिक नहीं। वो उस फिल्म के रोबोट की तरह नहीं बनना चाहती जिसमे रिश्तों के कारण रोबोट की आँखों में आँसू आ गये हो। रिश्ते कब विकसित होंगे? जब रिश्ते नहीं होंगे तो ख़ुशी भी मर जायेगी। रिश्ते इबारती प्रश्न के उत्तरों की तरह है, पर हम जुटे हैं उन्हें बहुविकल्पीय बनाने में, केवल जीवन की उत्तरपुस्तिका में काले गोले भरने और मिटाने जैसे।

रिश्तों के विकास को देखते देखते हम कहाँ आ गए। प्यार से उपजे रिश्ते को लिव-इन-रिलेशन में बदलते देखा। इसमें प्यार भी और संवेदनाये भी पर जि मेदारियों से टकराव था। अब नए दौर के रिश्तों को नयी परिभाषा मिल रही है जिसमे न लिव है न रिलेशन है न जि मेदारी का टकराव, फीलिंग्स का डेड एँड। केवल मौजा...ही...मौजा...!

जाने कब, सुबह हो गई, पता ही नहीं चला, तकिए में घुसे सर को निकालकर देखा सूरज उग आया था, मोटे मोटे पर्दों के बीच से सूरज की किरणें सोने सी लकीर बन सामने रखें काँच के बतख के जोड़े पर पड़ रही थी। वह बतख का जोड़ा उस सूर्य की किरणों में हजारों आफताब सा दमक रहा था। काँच के उस बर्तन में लाल भरे हुए पानी में जब पर्दा हिलता और चुपके से उस पर लवें पसर जातीं तो उस

जोड़े की खूबसूरती में प्यार का रंग घुल जाता। उसकी झिलमिलाहट से उसकी आँखें चौंधिया जाती। आँख फिर से बंद कर ली, ''शिट......!'', इतनी देर हो गई मुझे किसी ने जगाया भी नहीं, वरना रोज सुबह तो सात बजने के पहले ही म मी दरवाजा तोड़ने लगती, पर आज क्या हुआ म मी का गुंजार कमरे में गूँजा नहीं और फिर से आँखों में नींद छाने लगी। नींद की ढलान पर फिसलती हुई चौक गई, अरे आज तो मेरी कवि के साथ शाम को डेट है और कितने सारे काम बाकी है। पार्लर जाना, ड्रेस सेलेक्ट करनी, वगैरह वगैरह ढेरो काम है। शाम सात बजे तक उसे सारे काम पूरे करने हैं। एक बारगी ही उठ बैठी। चादर उतार फेंकी। सिर भन्ना रहा था, आँखें नींद से भारी, आखिर इतने दिनों की नींद एक रात में पूरी थोड़ी होगी। कई रातों से ठीक से सोई भी नहीं थी। जबसे बंगलौर से वापस आयी। तब से कोई न कोई रिलेटिव मिलने आ रहे थे। घर में इतनी हाच-पाच थी कि वह दिन में भी ठीक से सो न पाती थी। इन कुछ महीनों में लाइफ में इतना कुछ एक साथ हो गया कि उसे कुछ सोचने समझने का वक्त भी ना मिला। खैर... उसे वक्त की शायद जरूरत भी न थी। उसे इस रिश्ते से कोई एतराज भी ना था। उसके आने की खुशी में पापा ने अपने दोस्तों को पार्टी दी। उसी पार्टी में शर्मा अंकल ने उसे देखा और अपने बेटे के लिए प्रपोजल दिया। पापा म मी ने फौरन हाँ कर दी और इंकार करने की कोई वजह भी न थी। शर्मा अंकल शहर के जाने-माने कारोबारी थे, पैसे की अफरात थी, बड़ी सी कोठी, नौकर-चाकर, गाड़ी एशो आराम सब कुछ था इस रिश्ते में। प्यारा सा छोटा परिवार था, दो बेटे, बड़ा बेटा कवि सॉ टवेयर इंजीनियर था। छोटा बेटा आरव अभी पढ़ाई कर रहा था। पत्नी मेडिकल कॉलेज में प्रोफेसर थी। पापा की रजामंदी होते ही, दूसरे दिन वह अपनी पत्नी के साथ आए जिससे कि बाकी की बातचीत भी हो जाए। अंकल का मानना था कि जाने समझे घर से लड़की आए तो अच्छा रहेगा, वरना आजकल तो लड़कियाँ भी कितनी बिगड़ी हुई होती है। पैरेंट से एडजस्ट करना तो दूर पति से भी एडजस्ट नहीं कर पाती है। मेरा बेटा विदेश में पढ़ा लिखा है। अच्छी नौकरी कर रहा है। चाहे तो अपनी पसंद की शादी कर सकता है। पर उसने यह जि मेदारी अपने माँ-बाप को सौंप दी। अब हमारी भी जि मेदारी है हम उसे संस्कारी पत्नी दें। संस्कारी... यह शब्द कानों में पड़ते ही काव्या के अंदर कुछ दरक सा गया। खैर... तय हुआ कि दोनों बच्चे आपस में मिल ले। फिर उनकी रजामंदी के साथ ही इस रिश्ते को आयाम दिया जाएगा।

दो दिन पहले ही कवि और काव्या की फोन पर बात हुई। दोनों ने आपस में मिलने का समय तय किया। वह भी कोई डिसीजन लेने से पहले उससे मिलना चाहती थी। बहुत एक्साइटेड थी। नींद को झटक कर उठ गई और टावल लेकर बाथरूम में घुस गई। सारे दिन व्यस्त रहने के बाद शाम को सात बजे कवि से मिलने

पहुँच गई। बेहद भीड़ भाड़ वाला इलाका था। चारों तरफ गाड़ियों की चिल्ल-पों हो रही थी। कितनी अनरोमाँटिक सी जगह थी। समय पर वह तो पहुँच गई पर जनाब किसी पुरानी फिल्म के हीरो की तरह अपनी हीरोइन का इंतजार कर रहे थे। वह इधर उधर निहारती रही, सुबह की सारी तैयारी वेस्ट हो रही थी। इस उमस और गर्मी से उसका बुरा हाल हो रहा था। सारे दिन की तपती धूप से शाम को भी काफी तपन महसूस हो रही थी। आस पास कोई ढंग का रेस्टोरेंट भी ना था। खीजती, क्या ना करती, पैर पटकते पास लगे बरगद के पेड़ की मुंडेर पर बैठकर मोबाइल देखने लगी। एक बार याल आया, फोन करूँ क्या? फिर सोचा जिसको इतना मैनर्स नहीं कि लेट हो रहा है तो कम से कम एक फोन ही कर देता। मन ही मन गुस्सा आ रहा था और दु:ख भी हो रहा था। कोई भला ऐसा करता है, यह बातें दिमाग में चल ही रही थी कि तभी सामने से सुंदर सा स्मार्ट नौजवान फोन पर बात करते चला आ रहा था। ध्यान खींच लेने वाला आकर्षक युवक था। काव्या की आँखें बस उसे ही देखती रह गई। सारे सवाल नदी की तरह बहती तपती गर्मी में बह गए। थोक में खिले चमेली के सुंदर फूल की तरह हरे हरे पत्तों के बीच मन खिल उठा। उसकी आँखें बस उसी पर अटक गई। पल भर में उसके साथ जिंदगी गुजारने का याल भी आ गया। तभी वो युवक पास आया और बड़ी अदा से बोला,

" काव्या... ?" मुस्कुराती आँखों से बोला

"सॉरी मुझे थोड़ा लेट हो गया वह हमारे शहर का ट्रैफिक भी ना..।"

फोन पर तो रोज ही बातें होती थी पर फेस टू फेस आज पहली बार मिले हैं। उसने बेझिझक आशिके-सादिक की तरह काव्या का हाथ पकड़ा, उसका ल स उसे नया एहसास दे गया और पास खड़ी गाड़ी की ओर चल दिया। उसके हाथ पकड़ते ही उसे लगा ठंडी ठंडी पुरवाई चलने लगी हो, मन मयूरी बन नाचने को हो आया, एक सिरहन सी पूरी बदन में दौड़ गई। थोड़ी ही देर में वह यूनिवर्सिटी के अहाते में थे। चारों तरफ वीरानी सी छाई हुई थी। आसपास बनी पुरानी इमारतें अपने ऐतिहासिक होने का परिचय दे रही थी। चारों तरफ गुलमोहर के पेड़ लगे हुए थे, जिनके फूल झर झर के लाल कालीन समान बिछ गए थे। अहाते का दायाँ हिस्सा गुलमोहर के फूलों से सिंदूरी सी आभा बिखेर रहा था। उसने वहीं पास पड़ी सीमेंट की बेंच पर काव्या को प्यार से बैठाया उसका दिल जोर-जोर से धड़क रहा था। उसे अपनी दोस्त की पहली डेट की बतायी बातें याद आ रही थी। कैसे उसके बॉयफ्रेंड ने उसे किस किया, फिर अपनी बाहों में भर लिया, सोच के मन में गुदगुदी सी हो रही थी, उसकी डेट तो वाओ...!! कितनी रोमाँटिक जगह है ये और वह पता नहीं क्या-क्या सोच बैठी थी अपने फियान्सी के बारे में। तभी दिलों की धड़कनों को रोकते हुए कवि बोला,

"तुम भी सोच रही होगी इतने सारे सुंदर रेस्टोरेंट को छोड़कर मैं तु हें यहाँ पुरानी जर्जर हो रही इस इमारत में ले आया?"

सुनसान इसलिए है कि यहाँ इस समय वेकेशन चल रही है। यह मेरी यूनिवर्सिटी है। जब मैं यहाँ पढ़ता था तो लगभग मेरे हर फ्रेंड की गर्लफ्रेंड थी पर मैंने कभी कोई गर्लफ्रेंड नहीं बनाई। ऐसा नहीं था कि मेरे कोई दोस्त नहीं थे लेकिन जिसे खास दोस्त कह सकूँ ऐसा कोई नहीं बन सका था। सब मेरा मजाक उड़ाते थे कैसा बोरिंग लड़का है। खैर... छोड़ो... मुझे ये दिल फेंक नेचर नहीं पसंद था। आज इससे दोस्ती, कल ब्रेकअप, दूसरे से दोस्ती की फिर ब्रेकअप। मेरा यह मानना था ऐसी लड़की अच्छी गर्ल फ्रेंड तो बन सकती हैं पर बीवी नहीं। जो एक संस्कारी परिवार से होगी जिसमें माँ बाप के दिए संस्कार होंगे वह लड़की मेरी पत्नी बनेगी और गर्लफ्रेंड भी। आज मैं तु हें लेकर इस जगह इसलिए आया हूँ क्योंकि मैंने सालों पहले सोच लिया था मेरी पहली डेट यहीं होगी। सबके मन में प्यार करने के लिए पहले से तय एक मूरत होती है। जिसकी तलाश में लोग हमेशा लगे रहते हैं। जब ऐसा कोई मिल जाता है तो तलाश वहीं पूरी हो जाती है। मेरा मानना है दोस्ती प्रेम से अलग नहीं होती है लेकिन जिस प्रेम की परिकल्पना दोस्ती से अधिक की होती है उसमें एक साथी दूसरे से प्यार की उन सारी फंतासियों को भी जीना चाहता है जिस पर बस उसका पूरा हक हो यानी कि एक्सक्लूसिव हक हो। मानता हूँ काव्या, प्रेम की शक्ल में व्यक्ति अधिकार की माँग करता है, समाज भी प्रेम में इस तरह अधिकारों को सही ठहराता है यानि स पूर्ण प्रेम ...। मुझे भी बस ऐसा ही प्रेम चाहिए, जब से तुमको देखा लगा मेरी मंजिल मिल गई। मुझे ऐसे ही हमसफर की तलाश थी पर मुझे नहीं पता बतौर दोस्त तु हे मेरा साथ पसंद आया कि नहीं? प्रेम रिश्तो की अहमियत को सहेजता है। लजाते हुए काव्या बोली,

"आपको देखते ही सारी जिंदगी साथ गुजारने का याल आया। शायद यही प्यार है। आई एम सो लकी की आप...।"

कवि ने उठकर उसके ललाट को चूम लिया। उस एक ल हे में उसकी झोली में हजारों जुगनू एक साथ बिखर गए। रश्क हो आया उसे अपनी किस्मत पर। छुईमुई की तरह वह अपने प्यार की बाहों में सिमट गई। उसकी आँखें अमलान की तरह चमक गई। उसके इश्क में सिर्फ़ मोहब्बत भरी थी। जिन्सी की रंच मात्र जगह न थी। उसने उसके शानों पर सर रख टिका दिया। उसका इश्क तहजीब के दायरे में था।

हौले से उससे बोला,

"प्यार महसूस किया जाता है।"

सर उठा कर वो भी मुस्कुरा दी। इसके बाद कुछ पल और साथ बिताने के

बाद वो वापस घर आ गए। घर से चार कदम पहले ही उसने काव्या को छोड़ दिया।

सब कुछ अच्छा था पर काव्य बेचैन थी क्यों? वह इतनी अतृप्त क्यों थी? कहीं दिल में बार बार कसक सी उठाती।

" काव्या तुम मेरा पहला प्यार हो आज तक मेरी कोई गर्लफ्रेंड नहीं थी।"

शायद तभी.... रह-रहकर कवि के कहे ये शब्द उसके कानों में गूंजते। जैसे ही अंदर गई हंसी ठहाकों की आवाज ड्राइंग रूम से आ रही थी। आहट आते ही माँ ने आवाज लगाई काव्या आ गई बेटा..? हाँ ... म मी। काव्या ने थके मन से बोला। इधर तो आओ देखो कौन आया है। ड्राइंग रूम में जा कर देखा कवि के म मी पापा बैठे थे। उसके पहुँचते ही हंसते हुए बोले,

"कैसी रही आप की पहली डेट?"

वो चौक गई। एकाएक शरमा कर वहाँ से भाग गई। कमरे में आते ही गाना गुनगुनाने लगी। मन ही मन अपने होने वाले पति की तस्वीर को दिल की गहराइयों में उतारने लगी। क्या पुरुष भी इतने सुंदर हो सकते हैं? उसके गाल शरमा कर लाल लाल टमाटर जैसे हो रहे थे। तभी दिमाग में विचार कौंधा क्या कवि ने अपने पापा म मी को डेट के बारे में बता दिया था? लेकिन वह तो अपनी पर्सनल लाइफ अपने पापा म मी से शेयर नहीं करती थी। प्यार भरे हरे, गुलाबी, नारंगी सतरंगी बादलों में गोते लगाते वो अपने सपनों में खो गयी।

लगभग सब कुछ वैसा ही चल रहा था जैसा चलना चाहिए था। सगाई की तारीख भी तय हो गई थी। सगाई के पहले तक दोनों कई बार डेट कर चुके थे। धीरे-धीरे दोनों एक दूसरे में समाते चले जा रहे थे। सगाई शहर के नामी होटल में होना तय हुई थी। सगाई वाले दिन काव्य और कवि दोनों ही बहुत सुंदर लग रहे थे। काव्या आने वाले पल से बेनियाज अपनी सगाई के पलों को समेट लेना चाहती थी। सगाई की रस्म के बाद कवि के पापा अपने मेहमानों से दोनों को मिला रहे थे।

एका-एक एक श स से मिलाते ही काव्य के होश उड़ गए। लहू आँखों में आ कर जम सा गया, ऐसा लगा आँखों का दरिया बहते बहते थम गया हो। वह बेहद घबरा गयी। लेकिन शीघ्र ही अपने जज्बातों पर काबू कर वहाँ से हट गई क्योंकि वह श स बार-बार यही कह रहा था शायद मैंने आपको पहले कहीं देखा है, आपसे पहले कहीं मिल चुका हूँ। उसके लाख कोशिशों के बाद भी एक छोटा सा सुराग भी नहीं मिला। इस अभेद्य दीवार में जिससे कि वह कुछ कह पाता। इतने दिनों से बेचैन काव्या को अब समझ में आया। सब कुछ तो उसके पास था फिर कैसी बेचैनी सता रही थी। अब समझी सोचने लगी गलती नहीं थी, दबाव नहीं था, धोखा भी नहीं था, जबरदस्ती भी नहीं थी, एक्सीडेंट भी नहीं था, सिर्फ़ ल हों के सुख ने उसे आज इस दोराहे पर खड़ा कर दिया था। बीता हुआ पल किताब के वरक

की तरह फड़फड़ाने लगा और वो अपराधबोध से घिर गयी।

कितने हसीन दिन थे जब बारहवीं पास करते ही उसे कस्बाई जिन्दगी से मुक्ति मिल गयी थी। कितने खुशनुमा होते थे दिन और रात। जब न कोई बंधन था न कोई रोक टोक, मन आजाद पंछी की तरह उन्मुक्त गगन में घूमता रहता। म मी के दिए हर संस्कारों के आदेश का पालन किया। लेकिन बड़े शहर के कॉलेज लाइफ में म मी के संस्कारों वाली लड़की की जगह न थी। सब उसका मजाक उड़ाते थे उसे बहन जी टाइप कहते, यही वो समय जब वो अन्वी के नजदीक आई। कुछ ही समय में दोनों अच्छी दोस्त बन गई थी। थर्ड ईयर में दोनों की इंटर्नशिप एक साथ एक ही कंपनी में बेंगलुरु में लगी। दोनों वहाँ एक साथ ही पीजी में रहती थीं। और जिन्दगी के मजे उड़ाती। अब तक काव्या में अन्वी की बुरी आदतों का असर दिखने लगा था। अक्सर ब्रेक के दौरान दोनों सामने टपरी में सिगरेट और चाय पीने चली जाती थी। हाँ इतनी मर्यादा कायम थी कि सबके सामने न पीतीं, सामने वाली गली के अंदर चली जाती, जहाँ लोगों का आना जाना न के बराबर ही था। उनके पहुँचते ही दुकान वाला मुस्कुराते हुए उन्हें सिगरेट थमा देता। सिगरेट लेकर अदा से बालों को पीछे झटकती हुई दोनों अपने अड्डे पर पहुँच जाती और सिगरेट पीते हुए धुएँ के छल्ले उड़ाती। एक दिन दोनों कार्नर में खड़ी सिगरेट पी रही थी। तभी उसने देखा कि उनके साथ काम करने वाली स्पर्धा सुंदर सी शॉर्ट ड्रेस में बड़े से बंगले के गेट के सामने खड़ी थी। दुबली छरहरी काया में वह ड्रेस उस पर खूब फब रही थी, भले ही वह ड्रेस उसके ऊपरी अंगो को ढकने में नाकाम थी। दोनों ने दूर से ही हाई-फाई किया। काव्या बोली लगता है यह महरानी डेट पर जा रही हैं। अन्वी बोली लगता तो यही है। बात आई-गई हो गई। एक दिन फिर उन्होंने उसी जगह उसे एक अलग आदमी के साथ देखा तो उनसे न रहा गया। दोनों ने पूँछ ही लिया, स्पर्धा क्या तु हारा पहले वाले बॉयफ्रेंड से ब्रेकअप हो गया? जो यह क्या नया...? बीच में स्पर्धा बोल पड़ी देखो यार मैं डेट पर यकीन नहीं करती यह प्यार मोहब्बत सब दिखावा है। डेट हमें सिर्फ़ खुशी या साथी नहीं देती, कभी कभी जिंदगी भर का गम भी देती है। शादी तो मैं माँ-बाप की पसंद से ही करूँगी फिलहाल मैं तो हुक-अप पर जा रही हूँ।

"हुक-अप....!!!" दोनों एक साथ तेज़ आवाज में बोलीं।

"अब यह क्या है?"

अभी तो मैं जल्दी में हूँ कल तु हारे कमरे आती हूँ फिर बात करती हूँ। वह दोनों उसके आने का इंतजार करने लगी। मन में उत्सुकता सी जग आयी थी। संडे को सब एक साथ बैठ कर गप्प कर रहीं थी तभी स्पर्धा ने लैपटॉप में पोर्न फिल्म लगा दी। काव्या ने झट से लैपटॉप बंद कर दिया। काव्या बोली, यह क्या?

यार, अब बनो मत, क्या तुम लोग अकेले में नहीं देखती होगी? अब अगर हम साथ देख लेंगे, तो क्या गजब हो जाएगा। जानती हो तुम लोग, मैं तो खूब देखती हूँ। फिर हुक-अप पर जाती हूँ।

"यार बिना कोई रिलेशन के..?"

" हाँ..हुक-अप का मतलब ही है, बिना किसी रिलेशन के वो सब कुछ" स्पर्धा बोली

हुक-अप बहुत आसान है। मोबाइल में एक ऐप डाउनलोड करो उसमे अपना स्टेटस डालो जिसके साथ मन करे जाओ रात गई ना वह तु हें याद रहेगा ना तुम उसे। बॉयफ्रेंड के नखरे से भी आजादी।

काव्या गुस्से में बोली,

"यह तो वैश्यागिरी है....".

"न..न...न... तु हें क्या लगता है, मैं इसकी कीमत लेती हूँ? नहीं इसमें पैसे का लेनदेन भी नहीं होता, यार यह तो बड़े शहरों में कामन है, बस लाइफ के मजे लो।" क्योंकि जब रिश्तो की बात आती है तो अलग अलग इच्छाएँ होती हैं। हम कभी-कभी अकेला महसूस करते हैं और लंबे समय तक किसी के साथ झुकाओ महसूस करते हैं, साथ में घूमते हैं और डेट पर जाते हैं या रिश्ते में रहते हैं। तो उम्र और प्यार की बात जीवन में आती है। तब कई बार ऐसे पड़ाव आते हैं जब हम समझ नहीं पाते हैं क्या करना है। लेकिन हुक-अप में वचनबद्धता या कोई प्रतिबद्धता नहीं है। इस समय वह एक टीचर की तरह समझा रही थी।

काव्य बोली,

"ओके यह ऐप डाउनलोड कर देख लूँगी।"

काव्य ने हुक-अप के बारे में तफसील से पढ़ा। लोग डेटिंग में एक रिलेशनशिप में रहते हैं, पर आज के युवा अपनी लाइफ में कोई बंधन नहीं चाहते। वह भावनात्मक रूप से भी आपस में जुड़ना नहीं चाहते। उनके लिए पहले अपना कैरियर है। यह वयस्क और किशोरों में तेजी से पनप रहा है जो कि आकस्मिक यौन संबंध बनाने में कोई गुरेज नहीं रखता। एक रिश्ते में प्रतिबद्ध रहने के बजाय नए लोगों से मिलना और नई चीजों को आजमा कर जिस्मानी लज्ज़त परस्ती चाहता है।

उस दिन से एक खास चेंज आया दोनों की लाइफ में, पोर्न देखना उनका शगल बन गया। स्पर्धा का रंग उन दोनों पर पूरी तरह उतरने लगा।

स्पर्धा के जाने के बाद दोनों आपस में उसके बारे में कितना कुछ अच्छा बुरा बोलने लगी। रात में दोनों बालकनी में बैठी कॉफी पी रहीं थीं। काव्या रेलिंग पर पैर फैलाये आसमान में टिमटिमाते तारों को निहारते हुए बोली,

"अन्वी रात का बारह बजा है, पर देखो कितनी चहल-पहल है हमारे शहर

में तो दस बजे तक सब सो जाते हैं।

"ह म..."

अन्वी अपने फ़ोन में बिजी थी। उसने लापरवाही से बोल दिया ठीक है।

क्या ठीक है? मैं तुमसे कुछ बोल रही हूँ और एक तू है कि ढंग से जवाब तक नहीं दे रही है।" काव्या ने मुँह बनाते हुए बोला।

"काव्या..." अन्वी बोली।

"यार देखो तुझे नहीं लगता स्पर्धा जो कह रही थी उसमें बुराई क्या है? आजकल हम सभी के बीच ये बहुत कॉमन है। यह न कोई क्राइम है, ना बुरा काम।"

"नहीं... नहीं... नहीं..., मुझे तो इसमें बुराई ही बुराई दिखाई दे रही है।"

वह बातों को खत्म करने की गरज से जाने लगी। अन्वी ने हाथ पकड़ कर बैठा लिया। देख हमको जब भूख लगती तो हम खाना खाते हैं, खाना घर पर नहीं मिलता तो बाहर खाते हैं। बस सिंपल सा फंडा है, हम न किसी से अफेयर कर रहे हैं न डेट पर जा रहे हैं। मुझे तो इसमें कोई झमेला नजर नही आ रहा है। कभी सोचा तूने हमारी क्या लाइफ है? सुबह से शाम गधों की तरह काम करो, शाम को पढ़ाई करो। हमारे पास ज्यादा पैसे भी नहीं होते कि अच्छी जगह घूम सकें, मंहगे होटल में खाना खा सकें, बस साला..! घूम फिर के कोने में बनी संतरी चाचा के ढाबे में खाना या बहुत हुआ तो सड़क किनारे बने काफी हाउस में काफी पी ली, यही हमारी जिंदगी है। स्पर्धा भी हमारी जैसी फैमिली को बिलोंग करती है। कितना खुश है जो जिंदगी के मजे ले रही है, पर अन्वी...वो... पर वर कुछ नही। यहाँ हमें कौन जानता है? जब तक यहाँ है जिन्दगी के मजे लो, इसके बाद यहाँ से जाते ही फिर अपनी म मी-पापा की "अभिमान है बेटी बन जाएँगे", धीरे से अपनी बड़ी-बड़ी खूबसूरत आँख दबाकर अन्वी बोली।

"आगे क्या करना है, सोंचा है कुछ?" काव्या बोली।

"देखो मैंने यह ऐप डाउनलोड करके अपना स्टेटस डाल दिया है। नंबर भी दूसरा है और नाम भी फेक है। अब तो तेरा भी अकाउंट बना देती हूँ।"

"पर मेरा भी दूसरा वाला न बर ही रखना।"

"हाँ..."

दोनों फोन में घुसकर कर किट-पिट करने लगीं। लेकिन अन्वी एक प्रॉब्लम है, हमारे पास तो स्पर्धा जैसे कपड़े नहीं है। तुझे नहीं लगता कि हुक-अप के लिए मॉडर्न कपड़े जरूरी है? कल संडे है और साउथ-वे माल में सेल लगी है क्यूँ न हम शौपिंग कर लें। हम तीन-चार ड्रेस लाते हैं, दोनों अदल बदल के पहनेंगे, बहुत मजा आएगा। मेरा मन वैसी ड्रेस पहनने को बहुत करता था, पर पापा के डर से कभी नहीं

पहनी।

तभी अन्वी चिढ़ कर बोली,

"मजा तो आ गया बेबी यह देख कल रात अपना हुक-अप पक्का...!!!" '

"सच..."

"हाँ जानेमन जरा अपने पार्टनर की पिक तो देखना मस्त हो जाएगी।"

काव्या कुछ खो गई। ए... ब्लशिंग करना छोड़, फटाफट ड्रेस डिसाइड कर, ये हमारा पहला हुक-अप है जान...। दोनों तैयार होकर अपने पार्टनर के साथ उस रोशनी से चमचमाती पब में पहुँची। आँखें चकाचौंध हो रही थी। पर शायद उन्हें यह समझ में ना आ रहा था कि रोशनी के भी अँधेरे होते हैं। यह सब एक फेंटेसी की दुनिया है। वह जिस शॉर्टकट से जिंदगी के मजे लेने जा रही थी नहीं समझ रही थी कि नदी अगर शॉर्टकट ले ले तो जलजला आ जाता है। आदमी की बनाई इस खूबसूरत दुनिया को पल भर में नष्ट कर देती है। जब कुदरत का कहर बरपता है तो सारी जदीद्तरीन धरी रह जाती है पर जब कोई जानबूझकर गलत रास्ता इ तयार कर ले तो क्या किया जा सकता है। बिगड़ने का आलम यही तक नहीं था, अपनी झिझक दूर करने के लिए दोनों ने खूब शराब पी और फिर अपने को अँधेरे गर्त में गिरा दिया। उनकी आँखों में तो सावन के काले बादल छाए हुए थे। दोनों लड़कियों के पैरों में छोटे-छोटे हिरन कैद हो गए थे। वह एकदम भागना चाहती थी। शरम और लाज सब खत्म हो गई थी। यह वे कस्बाई लडकियाँ थीं जिन्हें कभी बात करने में लाज आती थी, इतनी कि गाल लाल हो जाते थे और ओंठ फड़फड़ाने लगते थे। गहरे सन्नाटे में, खिडकियों के रास्ते सुनसान सड़क पर बह निकलता था उनका मुस्कुराना। आज उसी खिड़की के रास्ते सारी शर्मो-हया बह कर सड़कों पर निकल आई है।

खिड़कियों से आती चहचाहट बता रही थी कि भोर हो गई है पर आँखें भारी हो रही थी। इनके इस मिलन में न सितार बजा ना फ़िज़ा में इतर फैला, फिर भी उसका दिल बेबाक धड़क रहा था और खून गर्म होकर तेजी से नसों में दौड़ रहा था। अपने इस मसनूई रिश्ते को समेट कर खड़ी हुई और चल दी।

एकाएक उनकी रोशनी को जर्क लग गया। एक दिन पापा ने आकर उन्हें सरप्राइज़ कर दिया था, या यूँ कहें शाक्ड कर दिया। पापा आधा घंटे में कमरे पर पहुँचने वाले थे। इस बीच उन्हें वापस संस्कारी लड़की का चोला पहनना था। लेयर में कटे बालों को तेल लगाकर पोनीटेल बनाई। अलमारी से ढूँढ कर अपने भारतीय संस्कृति के पहनावे को पहना। शराब सिगरेट वहाँ से हटा दिया। जब पापा आये तो उन्हें अपनी वही बेटी मिली जिसे वह हॉस्टल छोड़ कर गए थे। पापा ने बेटी से सारे हालचाल लिए। बेटी की तरक्की से बाप का सीना पचास से छप्पन इंच का हो

गया। वह उसकी पढ़ाई और नौकरी से संतुष्ट थे। अपनी बेटी पर जमाने की हवा न लगी देख यह सोचकर गौरान्वित हो रहे थे। दो घंटे बाद ही उन्हें वापस जाना था और काव्या को दो घंटे संस्कारी होने का नाटक जारी रखना था। जाने से पहले वाशरूम गए, तो वहाँ टंगे छोटे छोटे कपड़े देख कर उनका माथा ठनका। बिना कुछ कहे सर पर हाथ फेरा और चले गए। कुछ दिनों में माँ का ख़त आया। माँ का ख़त देख कर काव्या चौंक गयी। माँ ने ख़त क्यों लिखा, माँ तो कभी ख़त न लिखती थी।

''मेरी प्यारी बिटिया,

मैं तु हे अकेला छोड़ते वक्त बेहद..!! डरी हुयी थी, पर तुम खुद को अकेला और कमजोर न समझो, इसलिए अपने डर को मैंने सँभाले रखा, तु हारे पापा जब तु हारे पास से आये और तु हारी बात की तो मेरा डर खुद-ब-खुद दूर हो गया। मैंने तु हें कभी किसी चीज के लिए नहीं रोका पर आज कुछ बातें हैं जो तु हे जानना जरूरी है। आज तुम अपने फैसले लेने में सक्षम हो। पर नए रास्ते में तु हे लोगों को पहचानना होगा। कई सारे नहीं पर एक दोस्त तु हें चुन कर बनाना होगा जो तु हारा मोतबर हो, और तु हें सही रास्ता दिखाएँ। आँख बंद करके नहीं, आँख कान खोलकर तु हें चलना होगा। बेटा मैंने तु हें कभी कुछ पहनने को नहीं रोका क्योंकि तुम कुछ भी पहनो सुंदर लगती हो। अब तुम जो भी पहनो उसमें हमारी संस्कृति और स यता की झलक धुंधली न हो, बाक़ी अपना याल रखना, वक्त पर खाना सोना और अपने सपने पूरे करने में फोकस रखना...। ढेर सारा प्यार..'' ,

तु हारी माँ

ख़त पढ़ते ही काव्य को अजीब सी राहत मिली। दर्द में लिपटी और उदासी में डूबी। वक्त ने करवट ली, काव्या में बदलाव आने लगा। अन्वी तो हुक-अप पर जाती रही, पर काव्या कुछ न कुछ बहाना बनाकर टाल देती। माँ के एक ख़त ने उसके दबे सपनो को ज़िंदा कर दिया। अब वो सारा फोकस अपनी पढ़ाई में लगाने लगी।

तभी फोन पर मैसेज की बीप आयी और वो विचारों के अंधकूप से रोशनी की विरासत लिए वापस आ गयी।

काव्या ने खिड़की का पर्दा हटा कर देखा सुबह हो गई थी। दिसंबर की खुशनुमा सुबह उसे जून की जलती दोपहर सी महसूस हुई। उसने झट पर्दा वापस खींच लिया। एक नजर दौड़ाकर कमरे को देखा। कमरे में बीती रात अबतक जिंदा थी। अब उसे अपने अधूरे-पन का एहसास हो रहा था। क्यों वो इतना परेशान थी। क्यों ना हो, उसने संस्कारी होने का मुल मा जो अपने ऊपर चढ़ा रखा था, शायद माँ

के संस्कार किसी कोने में अब भी दबे पड़े थे, जिन्हें जरा सा पानी मिलते ही फिर से कल्ले फूट गए थे। शायद तभी वो झूठ के सहारे अपनी नई जिंदगी शुरु नही करना चाह रही थी।

कवि एक बहुत ही अच्छा लड़का था उसमें नए जमाने का असर रंच मात्र भी न था। कोई भी लड़की उसकी पत्नी बनने पर गर्व महसूस करती। शायद यही वजह थी वह उसे सब बताना चाह रही थी, पर उसे खोने के डर से बताने का साहस भी न कर पा रही थी। आईने के सामने खड़े होकर अपने से बात करते हुए बोली क्या बताऊँ कि कल जिस श स से तुमने मुझे मिलाया उसके साथ मैं ''हुक-अप'' पर जा चुकी हूँ। यह सुनकर क्या कवि मुझे गले लगा लेगा? सच बोलने पर मेरी तारीफ करेगा..? नहीं... नहीं.. ऐसा कुछ नहीं होगा। एक झटके में सारे रिश्ते खत्म हो जाएँगे। माँ पापा तो शायद जानकर आत्महत्या ही कर लेंगे। कितना विश्वास है उन्हें अपनी लाडली पर, कुछ समझ में नहीं आ रहा था क्या करें?

तभी म मी घबराती हुयी उसके कमरे में आतीं हैं।

''काव्या...काव्या... देख तेरा फोन है। हे भगवान यह अन्वी ने क्या कर लिया?''

''क्या कर लिया माँ?'' बड़ी बेतकुल्लफी से बोली।

क्यूँ सारा घर पर सर पर उठा रखा है म मी। ऐसा क्या हो गया? तुम तो ऐसे रियेक्ट कर रही हो जैसे अन्वी मर गयी हो? माँ ने उसे सीने से चिपका लिया और बोली काव्या, अन्वी ने आत्महत्या कर ली, काव्या एकदम खो गई। वह नहीं समझ पा रही थी क्या कहें। उसे दुख भी हो रहा था। वह आँख मूँदकर अन्वी को अपने ज़ेहन में भरने लगी।

माँ बोली,

'' उसकी माँ का कहना है कि अभी छः महीने पहले तो उसकी शादी की थी। सब कुछ अच्छा था, भरा पूरा परिवार था, प्यार करने वाला पति था। समझ नही पा रही हूँ कि ऐसा क्या हो गया जो अन्वी ने ये कदम उठाया।''

उसको बेचैनी सी होने लगी। उठ कर माँ के पास आ गई। दूसरे दिन अन्वी की अंतिम यात्रा में सब शामिल हुए। काव्या देख रही थी सब कैसे उसे बॉडी-बॉडी कह रहे थे। कोई उसका नाम भी नहीं ले रहा था। जिस गिल्ट से उसने शायद यह कदम उठाया होगा, उसके बारे में कोई जानता भी नही यहाँ। सब उसे महज एक महत्त्वाकांक्षी समझ रहे हैं। खैर... उसकी महानता किसी को समझ ना आई। उसके माँ-बाप का बिलखना देख उसने एक फैसला लिया और घर वापस आ गई। वह इतने गहरे में उतर गई थी निर्णायक हो उठी। शाम को माँ के साथ मार्केट गई शॉपिंग की खूब मस्ती की। माँ भी हैरान थी, ये काव्या को क्या हो गया है। बहरहाल खुश

भी थीं कि इतने दिनों से उसका उजड़ा चेहरा उन्हें कचोट रहा था।

शादी की तैयारी जोर शोर से शुरू हो गई। कवि ने शादी से पहले बैचलर पार्टी रखी। उसमें अपने सारे दोस्तों के साथ काव्या को भी इनवाइट किया। पार्टी में काव्या एक बार फिर उसी श स को देखकर असहज हो गई जिसका नाम सुगम था, पर राहत थी। सुगम भी ऐसा बर्ताव कर रहा था जैसे उसे पहचानता ना हो। काव्या कई बार कवि के दोस्तों से मिल चुकी थी, इसलिए वह सब उसके लिए अनजान नही थे। पार्टी में कवि-काव्या ने वाइन कलर की मैचिंग ड्रेस पहनी थी। वाइन कलर कि गाउन में परी लग रही थी। कवि भी बहुत ही स्मार्ट लग रहा था। कवि को देखकर काव्या को अपने भाग्य पर गर्व हो रहा था। सभी दोस्त उनके जोड़ी की तारीफ कर रहे थे, पर सुगम चुपचाप अनजान सा बैठा था।

कवि बोला,

''यार तुझे मेरी काव्या कैसी लगी?''

''बहुत सुंदर......!!!'' सपाट सा उत्तर देकर चला गया।

काव्या बेहद परेशान थी। वो गुम थी जिंदगी के जाल में, चाहतों के आसमान पर अनहोनी के बादल अचानक उमड़ आए थे। वक्त की बिसात पर तकदीर का घोड़ा अपना ढाई घर वाली खतरनाक चाल कभी भी चल सकता था। आज तो मजबूरी की सारी हदें गुजर जाने वाली थी। मायूसी के गमनाक तीरगी से घबड़ाकर जुदाई के दर्द के साथ पसीने से लिजलिजे हुए काँपते हाथो से उसने कवि का हाथ कस कर पकड़ लिया। कवि ने पसीने से सराबोर हाथ पकड़ा तो भाँप गया कि काव्या बेचैन है। उसे लगा वह शर्मीली लड़की है शायद काव्या उसके दोस्तों के साथ अन-इजी फील कर रही होगी। उसने काव्या को ऐसे बाहों में भर लिया कि लगा उसे अपने अंदर उतार लेना चाहता हो।

''काव्या क्या बात है?''

''कुछ नहीं।''

''कुछ तो है, एक खूबसूरत चेहरा न जाने मुझे क्यों उदास दिखाई दे रहा है, चेहरे पर शबनम की जगह मरुस्थल सा बंजार नजर आ रहा है। इन खूबसूरत आँखों में दर्द भरे सवाल नजर आ रहे हैं, अनगिनत सवाल पूछना चाहता है तु हारा चेहरा।''

''अच्छा...! इतना बोलता है मेरा चेहरा?'' और चुप्पी का शमियाना सा तन गया।

तभी दोस्त दोनों को डीजे की धुन पर डांस करने को पकड़कर ले गए। पार्टी में दोनों इतना थक गए। फिर दो दिन तक मुलाकात भी ना हुई। म मी का आदेश था शादी नजदीक है अब तुम लोग सिर्फ़ शादी में मिलोगे। काव्या का मन करता, मन में उठे सवालों के सैलाब कवि के सामने उड़ेल दे और खाली हो जाए पर उसे खोने

से डरती थी। वह इतना तो समझ चुकी थी कि सच्चाई जानने के बाद कवि उससे नफरत करने लगेगा। वह हमेशा के लिए सिर्फ़ उसे खो न देगी, तोड़ भी देगी। जवानी के जोश में एक बार की गलती भी इतनी बड़ी सजा...!! सब कुछ खत्म हो जाएगा। जब कभी काव्या माँ के साथ कवि के घर जाती तो कवि ऐसे बैठे मिलता जैसे वह उसके हिस्से का वक्त सहेज रहा हो। एका एक कभी-कभी अपराधबोध महसूस होता। पता नहीं उसे देख मन की कौन सी कड़ी कहाँ जाकर जुड़ती कि उलझने सुलझती सी लगती और कभी कभी उदासी उसके सारे वजूद मैं फ़ैल जाती, भीतर-भीतर कसमसाती खुद से रिहाई भी चाहती। मुझे नहीं पता तुम इसे कैसे समझोगे, पर अब मैं तु हें कुछ नहीं समझाना चाहती।

वक्त धीरे-धीरे करके करवट ले रहा था शादी के एक-एक फंक्शन होते जा रहे थे। जिसका डर था वही हो गया। कल शादी थी और आज कवि उसी श स (सुगम) के साथ, काव्या के सामने खड़ा था। वो एक बार फिर अपने को खाज़िल महसूस कर रही थी। खुद से डरना कितना भयानक होता है। ये शायद कवि कभी नहीं जान पायेगा और कितनी यंत्रणा होती है जब आप का डर सही सिद्ध होने जा रहा हो। काव्या मैं तुमसे मिलने आ रहा था रास्ते में सुगम मिल गया। मैं इसे भी अपने साथ ले आया। काव्या एकटक कवि को देख रही थी।

''सब कुछ खत्म हो गया.....।''

डर से सारा शरीर काँप रहा था। महसूस हो रहा था कि खून का एक कतरा भी न बचा हो। मन की प्रतिक्रया के बाद रह रह कर प्रतिक्रियाओं का सैलाब घुमड़ रहा था। उसे पीड़ा भी हुई और अंत में खुद को आहत भी महसूस किया। आँखों में हजारों उठती वाहिशों के साथ उसको निहारा। मन कवि की बाहों में जाने को तड़प उठा, आज दूर जाने से पहले वह उसे अपने अंदर समा लेना चाहती थी। वह उसका पहला और आखरी प्यार जो था।

कुछ कहने को ओंठ हिले ही थे कवि बोला,

''सुगम बता रहा था कि तुम इसे अपना मुँह बोला भाई मानती थी, वैसे इसने बताया कि तुम अन्वी के साथ एक आध बार ही मिली हो।''

तभी उसकी नजर पास रखे शादी के जोड़े पर गई। वाह..! कितना सुंदर लहंगा है। तुम पर खूब फबेगा। क्यों आंटी...? आंटी ने प्यार से चपत लगाकर बोला बदमाश। वह आपस में बतियाने लगे।

मौका देख काव्या ने सुगम से हौले से बोला,

''तुमने झूठ क्यों बोला? यह गलत है। हम कभी किसी ऐसे रिश्ते में नहीं बंधे। मैं इस अपराधबोध के साथ नहीं रह सकती, मैं भी खुश रहना चाहती हूँ, पर झूठ के सहारे नहीं।''

काव्या जिंदगी तेज गति का प्रवाह है। कोई चाह कर भी उसमें नहीं ठहर सकता। हम ना चाहे तब भी, यह हमें बहाकर ले जाएगा, कहीं ना कहीं उसकी सि त होगी। मेरी नियति में यह शहर तो क्या देश भी नहीं है। हो सकता है हम आगे फिर मिल जाए, पर तब हम एक रिश्ते में बंधे होंगे। इससे पहले कि मुलाकात में हमारे बीच कोई रिश्ता नहीं था न कोई भावनात्मक जुड़ाव था, लेकिन आज हमारे बीच एक रिश्ता कायम हुआ है। यह खूबसूरत झूठ है। वह झूठ सच से कई गुना बेहतर होता है जो जिंदगी को आगे बढ़ाने का रास्ता दिखाएँ न कि ऐसा सच जो कई जिदिंगियाँ को एक साथ तबाह कर दे।

काव्या बोली,

"तुम झूठे हो, तुम झूठ बोल रहे हो लेकिन दुनिया का सबसे खूबसूरत झूठ।"

"हाँ काव्या...हमने कोई ऐसा गुनाह नहीं किया जिसकी सजा सारी जिंदगी मिलती रहे। मानता हूँ जो हुआ वो समय के नेपथ्य में चला गया। वो पल जिंदगी के कोरे कागज़ पर पेंसिल से रचे थे, जिसे रबर से मिटा दिया, फिर वो पल कोरा कागज हो गए, फिर से नए रंग भरने का समय आ गया।" और वो बिना कवि से मिले वापस चला गया।

"काव्या ... ये सुगम क्यों चला गया?"

" उसे कुछ अपना जरूरी काम याद आ गया।" काव्या ने राहत की साँस ली।

माँ के पास से चुनरी उठाकर सर पर ओढ़ ली। उसकी इस अदा को कवि ने अपने मोबाइल पर कैद कर लिया। आज काव्या को बेहद सुकून था। रेगिस्तान के भियान में उगे शबनम के कण फिज़ा में फ़ैल गए थे। आज उसे ऐसे लग रहा था पहली दफ़ा अपनी मोहब्बत का चेहरा देख रही हो। वो जीने लगी इस वाहिश के साथ कि हमेशा के लिए सब कुछ ठीक हो गया है। इन पलों का गवाह बना चाँद आसमान में टँगा था और बाहर मंद मंद गति से बयार बह रही थी। बेचैनी मोहब्बत के पलों की हत्यारी है अब कोई बेचैनी ही न थी, न अपराध बोध। आज से नई जिंदगी जीने की पहल थी।

आज काव्या के जीवन का बहुत ही महत्त्वपूर्ण दिन था। मंडप के नीचे अग्नि के सामने उनके रिश्तों को नया आयाम मिलना था। वह अग्नि के सामने जानकी की तरह तप कर अपनी नयी जिंदगी की शुरुआत करने जा रही थी। शादी के मंडप पर बैठी काव्या हर फेरे पर पंडित जी के साथ हर वचन को दिल से निभाने की कसम ले रही थी। पंडित जी ने सात फेरे पूरे होने पर मंत्रो के जारी रखते हुए दोनों को बैठने को कहा।

"पंडित जी मैं आठवें फेरे के साथ आठवाँ वचन लेकर कवि को अपनी उस बीती जिन्दगी में भी शामिल करना चाहती हूँ जो पल मैंने बिना कवि के गुजारे हैं। हमारे बीच में कुछ भी न रह जाय ऐसा प्यार हो, बिना कुछ चाहे उसके साथ रह सकूँ वो प्यार हो, हमारा प्यार ऐसा हो कि हम ठहर जाय, जहाँ समझ की जरूरत न हो, जहाँ सोंचने की जरूरत न हो और जहाँ कोशिशे न हो ऐसा प्यार हो ये है मेरा आठवाँ वचन।"

ये कहते हुए कवि का हाथ पकड़ अग्नि का आठवाँ फेरा लेने लगी, अग्नि में अक्षत अर्पित करते हुए मन ही मन दोहराने लगी...

"नो... हुक-अप...प्लीज ..!!!!"

बस एक ल ज़ और... !

दंगो की अपनी एक भाषा होती है, उसका एक शास्त्र होता है, एक इंजीनियरिंग होती है, जिसकी फ्रंट लाइन में औरतों और बच्चों को शामिल कर लड़ाई लड़ी जाती है। तभी एलान होता है कि सब लोग नसरीन बाग़ पहुँचे। खबर तेजी से सोशल मीडिया में फैलती है। सवाल सोशल मीडिया में फैलती इन ख़बरों का नहीं बल्कि समाज, संबध और सामाजिक सरोकार को तोड़ने वाली सोंच का भी है। यह समझ पाना मुश्किल है कि सोशल मीडिया से समाज की नेटवर्किंग हो रही है या सोशल नेटवर्किंग से एक नए स्वरुप का समाज खड़ा किया जा रहा है। इन दंगाइयों का क्या कहना..... ! ये तो सामानों और दुकानों में भी धर्म ढूँढ लेते हैं। मैं किसी धर्म का जिक्र नहीं करूँगी। आप सब कुछ समझ जायेंगे। जहाँ दुकानों और सामानों का धर्म टेस्ट किया जाता और जिसमे कई लोग अपरोक्ष या परोक्ष रूप से अपनी अपनी भूमिका निभाते। कभी कभी कुछ ऐसे लोग न चाहते हुए भी इस भीड़ का हिस्सा बना दिए जाते हैं। पग पग पर धर्म की दीवारें और कानून, नियम, रस्म की कंटीली तारें, रह रह कर उलझ जाती हैं। तो लोग इन सब उलझनों से कुछ दूरी बनाकर या रास्ता बदलकर चलने को मजबूर हो जातें है और धीरे धीरे वो सारे मूल्य अपने आप निरस्त-खारिज हो जातें हैं। धर्म के अज़ाब, पाप, पुन्य, विपत्ति के भय से जब मनुष्य मुक्त हो जाता है तो वह अपने आस पास एक नए समाज, और नयी सोच की दुनिया में प्रवेश करता है। ऐसी ही थी उनमे से एक कनीज़।

अ मी.... ! अ मी..... ! जल्दी आओ, देखो आपा टीवी पर हैं। इतने दिनों से परागन्दा-दिल कुछ लहक सा गया, तेज़ी से उठी कनीज़, अचानक पैर में कुछ चुभ गया, देखा तिरंगा ... ! उठा कर माँथे से लगाया और पास रखी कुरआन में खोंस दिया ......। इन कोह-ए-फिज़ा की गलियों से तु हारा आबाई रिश्ता था, जहाँ के लोग तु हे दुआएँ देते नही थकते थे, धार्मिकता की ऐसी आँधी उठी, निकाह भर की दूरी पर बसे घरों के साकीनो ने उसे ख़ाती घोषित कर दिया। कनीज़ एक खुद-पसंद औरत थी, उसे माँगे हुए साए भी हमेशा धूप लगते थे, वो अपनी ज़िन्दगी की

जद्दोजहत में फिलहाल एक अकेली मुसाफिर थी। कनीज़ जैसा नाम वैसा ही रंग रूप था। साँवले से कहीं ज्यादा गहरा रंग, भारी शरीर, उस पर हमेशा हलके रंग के साटन के गोटे लगे सलवार कमीज़ का पहनावा। लटके खिचे हुए कानो में सोने के दो बड़े कर्णफूल, हाथो में पुरानी घिसी चूड़ियाँ, आँखों में मोटा मोटा सुरमा और मुँह पान से भरा हुआ। दांतों के बीच से पान की झाँकती लकीर.... ओंठ में इस कदर दरारें पड़ गयीं थीं, ये अनुमान लगाना मुश्किल था कि ये काली हवाई चप्पल में फंसे पैरों की बिवाइन है या उसके सूखे पपड़े ओंठ। हल्के रंग के कपड़ों में हमेशा दाग लगे होते थे जिनमे एक अजीब सी दुर्गन्ध भरी होती थी। इन सब के बावजूद वो स्वाभिमानी औरत थी।

ल हा ल हा वक्त कब बीत गया, एक सवाल कनीज़...? क्या एक आम औरत का जीवन, आम औरत की तरह रहा कभी? वह काम जो तु हें आम से खास बनाता है, वह है अकेले पूरे सिस्टम से भिड़ जाना, जहाँ मीडिया और सत्ता अपनी सल्तनत को कायम करने के लिए एक दूसरे के साथ खड़े हो गए, इन मीडिया वालों का क्या कहना, जो समाज की बुराइयों और गरीबी को न्याय दिलाने का काम करते हैं। ऐसा नहीं है कि सारे सिस्टम में खोट हो। कभी कभी कोई ऐसा भी आता जाता है जिनके लिए पैसा लक्ष्य और खबरें माध्यम बन जातीं हैं, जबकि खबरें लक्ष्य हों और पैसा माध्यम तो सारा सिस्टम ही सही हो जाय, जब सिस्टम और सत्ता आपस में एक साथ खड़ी हो जातीं हैं, सबसे ज्यादा प्रभावित आम और गरीब आदमी ही होता है। तुम जैसी साधारण सी औरत...! जिसे पढ़ना भी न आता हो वह इस पूरे महकमे को हिला देने की जुर्रत रखती है, क्योंकि तुम चार जवान होती बेटियों की माँ हो। उनमे से तु हारी एक बेटी को समाज, धर्म के ठेकेदारों और सोशल मीडिया ने दंगाई घोषित कर दिया है, तुम दंगाई घोषित की गयी बेटी को इन बदलते माहोल में कैसे इन्साफ दिला पाओगी, जबकि तु हे कुछ नहीं पता कि वो क्या करती और कहाँ जाती थी। अपने आँसुओं की हो रही बारिश में, गीले में जमे हुए बालू पर जब तुम हौले से पाँव धरती हो तो कहीं गहरे धँसती चली जाती हो, अपनी बेटी की अंतहीन यादों में...। संकट में खर्च करने के लिए अब बस तु हारे पास साँसे बची थीं, जिन्हें तुम खर्च करें जा रही हो। सूरज उगे न उगे, चाँद गगन में उतरे न उतरे, तारे छिटकें या न छिटकें तुम उस सड़क के किनारे पर बैठी किसी कमजोर पेड़ के तने सी अड़ी हो, मृत्यु के बगैर जीना संभव नहीं है, जीने के लिए मरने कि तैय्यारी भी जरूरी है तुम उस तैय्यारी में पूरी तरह व्यस्त हो।

कनीज़ ने डबडबाई आँखों से देखा सामने से बैग टाँगे भैरव काका चले आ रहे थे। वो उठ खड़ी हुई और मौन संवादों के बीच वह दोनों सड़क पार करके गली के अंदर आ गए। दरवाजा खोलते ही दस साल की लड़की चाचू कहकर उनसे

लिपट गई, आवाज सुन दोनों लडकियाँ बाहर आ गईं। एक की उम्र पन्द्रह वर्ष दूसरी की सत्रह वर्ष की रही होगी। आसमाँ ने कुछ यूँ कपड़े पहन रखे थे, जिससे वो बड़ी नही, बच्ची लगे, ताकि अ मी का ध्यान अपनी बड़ी होती बेटी पर नही बल्कि अपनी खोई हुई बड़ी बेटी पर रहे। भैरव काका उनके अब्बू के बचपन के दोस्त थे। इन कोह-ए-फिज़ा की गलियों में बसे दोनों लोगों के मकान आपस में सटे हुए थे। दरवाजे और छत दोनों घरों की एक थी, उनके रिश्ते छत के ऊपर फैले आसमाँ के माफिक थे। अक्सर मुफ़लिसी के दौर में दोस्ती गाढ़ी हो जाती है। खुदा ने भैरव काका पर रहमत तो खूब दिखाई लेकिन औलाद की खुशी से महरूम रखा। औलाद के हिस्से का सारा प्यार अपने दोस्त के इन बच्चों पर लुटाते थे। बीते कुछ साल पहले वो ब बई शि ट हो गये। रिश्तों की डोर कुछ कमजोर सी हो गयी, दोस्त की अचानक मौत की खबर ने विचलित तो किया लेकिन भैरव काका परिवार से मिलने न पहुँच पाए। कभी-कभी जि मेदारियों के आगे रिश्तों को अनदेखा करना कोई नयी बात नही है। लेकिन जब आयत के बारे में सुना तो कोने में छिपा बाप का दिल मचल गया। सब कुछ छोड़ कनीज़ से मिलने आ पहुँचे। बच्चों को देखकर दिल को राहत सी महसूस हुयी। उत्साह से सबको एक-एक सामान निकालकर देने लगे। किसी सीली हुई ठंडी रात में अलाव की आँच की तरह उनकी खुशियाँ चेहरे की कगार से फिसल फिसल कर धू-धू जलने लगीं। उस रोशनी में उन मासूमों का चेहरा आफताब सा दमकने लगा। लेकिन अगले ही पल सारी खुशियाँ छूमंतर होकर उसी आग में दहकने लगीं। अचानक तेजी से एक पत्थर उस बच्ची के सामने शीशे पर पड़ा जहाँ कुछ पल पहले वो अपनी खुशियों को ढूँढने की नाकाम कोशिश कर रही थी। बाहर गली में तेज़-तेज़ गालियों की आवाज गूँजने लगीं। पत्थरों की बारिशें होने लगी। इन्हें भगाओ यहाँ से, ये हमारे बीच रहने लायक नहीं हैं, इन जैसों के कारण ही समूची कौम को दोषी ठहराया जाता है। निकालो...! भगाओ...! ऐसी कई आवाजें नेपथ्य में गूँजने लगीं। कनीज़ हाथ जोड़कर सबसे विनती करती ऐसा न कहो मैं सालों से यहाँ रह रही हूँ। आप सब मुझे अच्छी तरह जानते हैं। आप सभी निकाह कराकर मुझे इसी मोहल्ले में लाये थे और दावते-वलीमा का नमक खाया था। हमारे बच्चे भी आप के बच्चों के साथ इसी मिट्टी में खेल कूद कर बड़े हुए हैं। बच्चों के झगड़े अक्सर हम आसानी से सुलझा लेते थे फिर आज ऐसा क्या हुआ? अरे ये वही आयत है जिसे आप दुआएँ देते नही थकते थे। फिर आज नफरत क्यों...?

‘‘हमने ऐसा कुछ नहीं किया। सारे आरोप झूठे और बेबुनियाद हैं।’’

तभी एक मोटी सी औरत आगे बढ़कर भीड़ को संबोधित करते हुए कहती है,

"अरे भाइयों इनके मुँह क्या लगना, इनकी बेटी ने जो किया उसके बाद ये हमारे मोहल्ले में एक मिनट भी नहीं रह सकते। हमारे अपने बच्चों पर इसका क्या प्रभाव पड़ेगा?"

तभी एक सनसनाता पत्थर आया और कनीज़ के माथे पर जा लगा। खून बहने लगा।

"अरे....! इसके खून का रंग भी लाल है, क्या नापाक खून भी लाल होता है?" भीड़ में श स बोला।

कनीज़ माथा पकड़ कर वहीं जमीन पर बैठ गयी। काका ने समझदारी दिखाते हुए कहा,

"बस एक दो दिन का समय दे दो मैं इनको यहाँ से ले जाऊँगा।"

तब कहीं जाकर भीड़ कुछ शांत हुई। इस भीड़ के भी क्या कहने। जुर्म भी करते हैं और गुनाहगार भी नहीं कहलाते। एक असहाय औरत पर जुल्म करते हैं और खुद को कौम का सरपरस्त और वफादार समझते हैं।

दो दिन बाद वो सब काका के साथ शहर आ गए। लोगों के तानो की वजह से जिस्म की परछाईं तक सिकुड़ने लगी, घर में परछाईं का आकार अलग था बाहर कुछ और ...। सूर्यास्त से पहले उस बदनसीब माँ को असली आकार का आभास तक न होता, ये एक बेहद डरावना मंज़र होता था उसके लिए। शमाँ के रोशन होते ही परछाईं ल बी हो जाती और वो उसमे अपना वजूद तलाशने की कोशिश करती। छत और दीवारों पर फैलती परछाईं में वो खुली हवा में साँस लेने सा महसूस करती जो उसे अगले दिन नयी जंग के लिए तैयार करती लेकिन खुशियों पर तो स्याह हुआ वो धब्बा फिर से काला हो आया। काका के बिल्डिंग के कुछ लोग जमा हो गए और भैरव काका से बोले कि इन्हें यहाँ से हटाओ, चारों तरफ पेपर में, मीडिया में इनके चर्चे हैं। आप इन्हें तुरंत जाने को कहो। काका ने समझाना चाहा, सब झूठ है, सारे अखबार, न्यूज चैनल सब झूठ है। ये जो रोज सुबह हमारे घर में दरवाजों की दरारों से खिसका दिया जाता है, जो आते जाते दीवारों पर टंगे हुए जहर का बाज़ार खोले हैं ये खबरे नहीं आतंक और दर्द बाँटते हैं। एक कमरे में स य पढ़े लिखे लोग स यता का परिचय देते हैं। कुर्सियों को उठाकर चीखते चिल्लाते हैं, पर वो दंगाई नही, एक स य समाज है। मेरी बेटी तो मामूली सी लड़की है, इन्हें तो बस खबरे बनाना आता है। सारे अखबार, न्यूज़ चैनल में इनकी बेटी के चर्चे है और आप कह रहे हैं यह बेकसूर है... !

"यह मेरी बहन है, विधवा है। बच्चों को लेकर कहाँ जाएगी। इतनी बड़ी दुनिया में मेरे अलावा इनका कोई नहीं है। न घर है न बार, यह कहाँ जाएँगे। भीड़ के आगे भला कब किसकी चली है, भीड़ के आगे बड़े-बड़ों की सत्ता हिल जाती है,

फिर यह तो भले से भैरव काका और कनीज़। सोचा था शहर आएँगे तो बच्चे भी कुछ पढ़-लिख जाएँगे कुछ रोजगार सीख लेंगे। खैर..., जब कोई हल न सूझा तो कनीज़ को अपने गाँव के मकान में रख दिया। छोटा सा दो कमरों का मकान था, सालों हो गए थे गाँव छोड़े, तब से घर ऐसे ही बंद पड़ा था। बहरहाल साफ कराया और कनीज़ को बेटियों सहित वहाँ छोड़ दिया। रहने का इंतजाम तो हो गया पर कब तक भैरव काका पर आश्रित रहती। अपने लिए काम ढूँढने लगी। एक तो गांव में कोई काम आसानी से मिलता नहीं, दूसरे अवसर भी कम होते हैं। खेती का काम कनीज़ ने कभी किया नहीं था। पति के मरने के बाद से माँ-बेटी खाना बना कर गुजारा करती थी। खैर... गांव में कुछ धनागढ़ परिवार थे, जहाँ उसे दो घर से खानसामे का काम मिल गया। जीवन चल पड़ा। सारा दिन काम में व्यस्त रहती और रात में यादों का जलजला उठ जाता। धर्म के ठेकेदारों के फतवे जारी हो गए थे। कीचड़ की तरह लिपटी पर पराएँ पीली पड़ गई थीं। इसके बावजूद वह बेखौफ होकर अपनी बेटी को न्याय दिलाने की ठान लेती है।

वह रात अंततः उस सुबह की ओर बढ़ती है, जिसमे अँधेरा करवट लेता है, फिर उसमें गहरी लालिमा फूट पड़ती है, मानो उनके लिए स्वतः ही राह बन जाती है। रात की छाती पर बैठ कर रोना नही लड़ना होगा।

अब्बा की लाश के पास रोती आयत से कोई कहता है,

''सँभाल बेटी अपने को, तू सबसे बड़ी है, इस परिवार की जि मेदारी अब तेरे ऊपर है।''

उसी एक पल में आँसू सूख जाते हैं। रोते कलपते परिवार को उनका मुखिया मिल जाता है। सारे परिवार का भार अपने कंधों पर उठा लेती है। आयत अपनी अ मी के ठीक विपरीत थी। अ मी जितनी काली, आयत का रंग दूध जैसा सफ़ेद था। दुबली पतली काया, दो ल बी चोटियाँ जिन्हें वो चिपकाकर खींच कर बांधती थी, हमेशा बालों में तेल चुपड़ा रहता। बेहद सुंदर होने के बावजूद भी वो साधारण नजर आती थी। वो हमेशा भावहीन रहती थी, उसके चेहरे पर ख़ुशी कम ही नजर आती थी। हमेशा डरी और सहमी रहती। खैर...फिर भी सारे परिवार का भार अपने कंधे पर उठा लेती है।

घर-घर खाना बनाकर उन मिले पैसों से परिवार का पेट कुछ हद तक भरने लगता हैं। एक दिन रोज की तरह काम से वापस आ रही थी। गली के नुक्कड़ में छोटी बहन मिली। आसमाँ क्या हुआ...? यूँ मुँह लटकाए कहाँ से आ रही हो? आपा, किराने वाले ने राशन देने से मना कर दिया। आयत बोली क्यों मना किया? अभी पिछले महीने तो उसका सारा हिसाब किया था। अच्छा चल मैं देखती हूँ। बड़बड़ाते हुए दुकान पहुँची। काका..., अ मी ने सारा पुराना हिसाब चुका दिया है,

तब भी आप उधार नहीं दे रहे।

दुकान वाला गरजते बोला,

"कौन सा हिसाब....! पहले का बकाया रुपया दो तभी और उधार मिलेगा।"

दोनों बुझे मन से वापस आ गयीं। अ मी दरवाजे पर ही मिल गई। वह बोली अ मी, "आपने किराने का हिसाब चुकता नही किया क्या?"

आँखों में आँसू भर अ मी बोली, "इतने बड़े कुनबे का पेट भरना आसान है क्या, तू जो कमाती है उससे तो पूरे परिवार का पेट भी ठीक से नहीं भरता। आज फीस न देने की वजह आसमाँ और आशी को स्कूल से वापस भेज दिया। वहीं देहरी पर पैर फैला कर बैठ गई। बेटा सोचती हूँ मैं भी कुछ काम कर लूँ। क्योंकि मैं अपनी बेटियों को पढाना चाहती हूँ। मेरा मानना है कि जब आप बेटियों को शिक्षा देते हैं तब पूरा कुनबा शिक्षित हो जाता है, कोई व्यक्ति विशेष नही। जब तेरे अब्बा कमाते थे तब कुछ और बात थी, अब हालात कुछ और ही हैं। ठीक है अ मी कल मैं भी कुछ और काम देखती हूँ, आप परेशान न हो। अल्लाह-ताला कुछ रास्ता जरूर निकालेंगे। आयत की रात करवटें बदलते कट गयीं। पौ फटते ही रोज से कुछ पहले ही काम पर निकल आयी। एक तो अषाढ़ की चटकती धूप, तिस पर मन अच्छा न था, मन भला न हो तो ये कमब त आत्मा जो है, शरीर की कोई बीमारी ढूँढ ही लेती है। अपने ऊपर इल्जाम न लेना इंसानी फितरत होती है। कुछ ढूंढने पर उसे सर दर्द का अहसास हो आया। काश....! अ मी के कहने से चाय पी लेती तो यह सर न दुखता, कमब त...!।

काम पर जल्दी आया देख उसकी मालकिन खुश हो गयी। आयत बिना उनकी परवाह किए बगैर, सब्जियाँ काटने लगी। वह हमेशा की तरह उसके पास खड़ी हो गई और धीरे से बोली,

"आयत....आज फिर झाड़ू पोछा और बर्तन वाली ने छुट्टी मार दी। खैर कमब त..! ये करम जली...... कामवालियाँ ऐसी ही होती हैं।"

हाय...! कराहते हुए बोली, मैं सारा काम कर लेती पर क्या करूँ यह मुई कमर दर्द तो पीछा ही नहीं छोड़ती है। क्या तुम हकलाते हुए...। उनका आशय समझते ही आयत बोली, "कोई बात नहीं, मैं खाना बनाकर ये काम भी कर लूँगी।" आयत ने खाना बनाया और साहब का टिफिन पैक करके ड्राइवर को दिया और झाड़ू पोछा बर्तन भी निपटा कर जाने लगी। मेमसाहब ने उसको उदास देख पूछा,

"आयत क्या बात है? आज बड़ी चुपचाप हो।"

"कुछ नहीं...मेमसाहब, बस ऐसे ही।"

उनके ज्यादा पूछने पर बोली, "क्या आप मुझे एक दो घर का काम और

दिला सकतीं हैं? इतने पैसों से पेट भी नही भरता हम सबका। मैं चाहती हूँ मेरी बहने पढ़ लिख कर नेक इंसान बन सकें।"

मैडम, "तू कितना पढ़ी है?"

"बी.ए.पास हूँ। पर बी.ए. पास को नौकरी कहाँ मिलती हैं' उदास भरे लहजे से बोली।

कुछ संजीदा होकर मैडम बोलीं, "देख आयत मैं तेरे साहब से बात करूँगी, शायद उनकी फैक्ट्री में कोई जगह खाली हो। हाँ लेकिन एक शर्त है, तुम मेरा काम नहीं छोड़ोगी। ऐसे ही खाना बनाती रहोगी।"

वह खुश होकर बोली, "ठीक है आंटी में आपका काम करती रहूँगी।"

अक्सर घर लौटते वक्त जो रास्ते वीराने और बंजर नजर आते थे, आज अचानक सड़क रोशनी की बारिशों से भीग रही थी। दूर खड़ा अँधियारा मुस्कुरा रहा था। आज उसके कदमों में एक खनक थी। अ मी को दहलीज पार किए बिना सब कुछ बयाँ कर दिया। अ मी खुश तो हुई पर समय और जमाने की माँग को देखते हुए जवान बेटी को अनजान जगह काम पर भेजने से मन ही मन वह चिंतित थी। सहजता से गंभीरता और प्रफुल्लता को नहीं मिला पा रही थीं। आयत को समझाने की गरज से बोलीं,

"देख बेटा अभी जो हमारे साथ हुआ वह हमारा भाग्य था, हम कुछ नहीं कर सकते थे। एक चिंगारी आग में तब्दील हो जाए और आग सामूहिक हो जाए और जब बदलाव के अलाव जलने लगे, चिंगारी का फैलना ही सम्रध होना है लेकिन इसके लिए तु हें ओढ़ने और आत्मसात करने का अंतर सीखना होगा। आत्मसात करने के लिए तु हें एक अनुभव के बीच से गुजरना भर है।"

"अ मी क्या आपको अपनी बेटी पर भरोसा नहीं है?"

"तुझ पर तो है, जमाने पर नहीं क्योंकि इंसान कब जानवर में तब्दील हो जाय कोई नहीं जानता।"

तुझे मेरी दो शर्तें माननी होगी, पहली तो सात बजे से पहले घर वापस आ जाएगी और दूसरी तू शहर के बाहर नहीं जाएगी। अ मी ने अपना फरमान सुना दिया। आयत अ मी के गले में बाँहों का हार डाल कर झूल गई। अ मी ने खुशी से उसका पेशानी को चूम लिया। बहरहाल कनीज़ की गृहस्थी की गाड़ी चल निकली।

समय, सृजन शक्ति है, वह ऊषा जो रोज सुबह सूरज को तराशती है और उसे उजास के दमकते परिधानों के साथ इस आशा से सौंप देती है कि हम उसी की तरह उजले बनकर उजाला करेंगे। जिंदगी से झंझावात का अँधेरा दूर हो रहा था, पर दूर होते अँधेरे में कनीज़ को अथाह अन्धकार भरा कूप नजर आ रहा था। जिससे वह चाहकर अपने दिलो-दिमाग पर हावी होने से नहीं रोक पा रही थी। पु ता वजह भी

थी। आयत दिनों-दिन देर से घर आ रही थी। पहले-पहल तो वो सात बजे तक घर आ जाती थी पर आजकल नौ दस बजना आम बात हो गई। जन्मदात्री बेचारी खाना परोस कर उसका इंतजार करती रहती। बेटी के आने पर वजह जानने की कोशिश करती। आयत रोज कोई नया बहाना बनाकर टाल देती थी। अ मी को दिलासा देती, अ मी मुझ पर भरोसा रखो मैं कोई ऐसा काम नहीं कर रही जिससे तु हें शर्मिंदा होना पड़े। कनीज़ थोड़ा गुस्से से बोली फिर बताने में हर्ज़ क्या है। बताती क्यों नहीं, रोज देर से घर क्यों आती हो। अ मी मैं आपको कुछ नहीं बता सकती, अभी भरोसा करो, तुम ही ऐसे बोलोगी तो मैं बिखर जाऊँगी। आँखों में परेशानी का सबब उभर आया, तेजी से अपने कमरे में चली गई, सामने नए पलंग पर सोई बेटी को न देख, पलंग को देख कर सोचने लगी, अभी कुछ महीने पहले पलंग की एक टांग टूटी थी, उस जगह चार ईंटे लगाकर भी सोने लायक न बनाया जा सका, क्योंकि बाकी की तीन टांग भी अपनी जगह से मुड़ी हुई थीं और उस पर तीन बच्चे सोते थे। आज दो नयी खाट और आ गयीं। यह सब उसकी मेहनत का नतीजा है। दिल को तसल्ली देते-समझाते कब नींद के आगोश में चली गई। सुबह जब आँख खुली तो आयत तैयार होकर निकलने वाली थी।

"अरे...! तू इतनी सुबह कहाँ चली...?"

घड़ी पहनते हुए आयत ने कहा आज थोड़ा काम है। अंकल ने जल्दी बुलाया है। शाम को जल्दी वापस आ जाऊँगी, यह कह कर चली गई।

आयत...आयत...रुक...रुक...। कनीज़ तेज़ी से चीख पड़ी, आँसुओं से चेहरा भीग गया। बस इसी क्षणांश ने उसके निश्चय को द्रढ़ता दी। आज शाम जब बेटी अपने काम से वापस आयेगी तो उसे कल से जाने को मना कर दूंगी, अभी मैं इतनी कमजोर नही कि बेटी को बैठा कर खिला न सकूँ। गीले होते शब्दों से बचने के लिए ज़ज्बातों को कुछ विराम दिया। लेकिन उस दिन जो आयत सुबह घर से निकली तो फिर वापस नही आयी। धीरे धीरे खुशियों पर अवसाद की चादर पड़ती चली गयी।

जैसे ही नमाज अता कर के कनीज अल्लाह ताला से दुआ माँग कर उठती है, सहसा...दरवाजे पर दस्तक होती है। वह अचंभित हो दरवाजे को देखती है, इन दिनों दरवाजे भी हाथों की दस्तक की आवाज को भूल चुके थे। आज तो दरवाजों को भी अपने पर गुमान हो आया होगा।

कनीज ने हौले से पूछा, "जी कहिये...?"

"मुझे आपसे आयत के बारे में कुछ गु तगू करनी है।"

दुपट्टा से सर को ढकते हुए दरवाजा खोला। सामने चौबीस साल का लड़का

खड़ा था। जो अपना नाम अमर बता रहा था।

"आओ अंदर आ जाओ कहो कैसे आना हुआ.. ?"

" कौन हो तुम ?"

"मैं आप को कुछ बताना चाहता हूँ।"

वह रहस्यमय अंदाज़ में कुछ यूँ हकलाकर बोला जैसे तूफानी शब्दों की गति के कारण ल ज़ों में धूल जम गयी हो। अकील बाबू सच बोल रहे हैं। मेरे सामने उन्होंने लिफाफा दिया था।

" तुम आयत को कैसे जानते हो ?"

फिलहाल कनीज़ अपनी और कुछ प्रतिक्रिया देती इससे पहले आसमाँ ने आवाज दी, अ मी...अ मी... देखो आपा टीवी पर आ रही है। कनीज़ के मरे हुए जिस्म में मानो जान आ गई हो।। अ मी जल्दी आओ छोटी बेटी बोली, कमरे के कोने में टाड़ पर रखी टीवी पर नजर पड़ते ही कनीज़ चीख उठी। न्यूज़ चैनल पर आयत की तस्वीर दिखाई जा रही थी। नाले किनारे सड़क के बीचो बीच आयत खून से सनी पड़ी थी। चारों तरफ पीली पट्टियों का घेरा बना हुआ था। हाथों पर कैमरा लिए हुए रिपोर्टर पुलिस वालों की सराहना कर रहे थे, कुछ समझ पाती कि दरवाजे पर शोर सुनकर बाहर आ गयी। बाहर कुछ पुलिस वाले खड़े थे।

बोले, "तुम हमारे साथ थाने चलो।"

कनीज़ घबराई हुयी बोली, "साहब जी क्या हुआ हमारी बेटी के साथ, मुझे तो कुछ समझ नहीं आ रहा।"

वह लगभग उसे घसीटते हुए गाड़ी तक ले गए। थाने पर पहुँचकर व्यवस्था के रखवालों ने उससे सवालों के जवाब माँगे। वो उनके किसी सवाल का जवाब देती भी कैसे ? उसे अभी तक समझ नहीं आ रहा था कि आयत ने उससे झूठ क्यों बोला ? ये सब क्या हो रहा है। बेटी के मौत का गम मनाये या इनके चुभते सवालों का जवाब दें ?

सुबह ऑफिस जाने को कह कर दिल्ली कैसे चली गई... ? वह हर ह ते दिल्ली जाती थी पर उसने कभी नहीं बताया। जब उस दिन आयत को ढूँढते हुए अकील बाबू के घर गयी तब उन्होंने बताया कि आयत ह ते के अंत में आफिस के काम से हमेशा दिल्ली जाती थी और अपना काम टाइम पर कर वापस आ जाती थी, पर इस बार तो वो पहुँची ही नहीं, क्यूँ... ? अकील बाबू भी नहीं जानते थे। ये कहकर अकील बाबू ने अपना पल्ला झाड़ लिया। व्यवस्था के रखवालों से बोले इनकी बेटी हमारे यहाँ काम करती थी, इसके अलावा वो कहाँ जाती, क्या करती हम लोग नहीं जानते। बड़ी बेरुखी से उत्तर दिया और आगे बढ़ गए। कनीज़ ने उनकी पत्नी से भी मदद माँगी, उसने भी दरवाजा बंद कर दिया। बस यही एक रास्ता था

जहाँ से कुछ पता चल सकता था, वो रास्ता भी बंद हो गया।

कनीज दिमाग पर जोर डालकर सोंचने लगी, आयत और इनके बीच कुछ पिन्हा तो था। कुछ दिनों से वह परेशान रहती थी। कनीज़ के बार बार पूंछने पर टाल जाती। जब कनीज़ ने माँ वाला रुप धरा और गुस्से से पूछा,

" तुम रोज रात देर से क्यों आती हो?"

माँ को अंक में भर कितने प्यार से बोली थी। अ मी समय आने पर मैं तु हे जरूर बताउंगी। उस दिन कनीज़ ने बेटी की आँखों में वो देखा जिससे वह आश्वस्त हो गई और आज यह व्यवस्था के रखवाले कह रहे हैं, तु हारी बेटी दंगाई है। वह इनकाउंटर में मारी गई, नहीं तो पता नहीं कितनों को मार देती। कनीज़ के चेहरे पर हैरानी की स्याही इस कदर चढ़ी हुयी थी कि बस एक ल ज़ और ल ज़ के पास मंज़र, अजीब सी खलिश और चारो तरफ ज़लज़ला। उसे ऐसा लगा कि उसने अपने हाँथो पर ज़लज़ले को पनाह दे रखी थी। अक्सर टूटी हुयी चीजों में थोड़ा सा हम भी टूट जाते हैं, जब कोई चीज टूट कर गिरती है तो हल्की सी आवाज़ अपने अन्दर भी सुनायी देती है, अपने खुद के टूटने की आवाज़। क्या आयत सचमुच ऐसा कुछ कर रही थी? लेकिन अगले ही पल संभल जाती है। पास पड़ी बेंच पर धँस जाती है। उस दिन के बाद से सूरज तो रोज निकला पर कनीज़ का सवेरा न हुआ। अमावस्या के अँधेरे ने डरावनी रात की तरह दिन में भी उनके घर पैर पसार दिए।

वो उनके किसी भी सवाल का जवाब न दे पायी तो आयत को मुजरिम करार दे दिया गया और वो एक मुजरिम की माँ। सारी कौम भी उनकी मुखालफ़त में खड़ी हो गई। सबका कहना था उन जैसे चंद लोगों की वजह से पूरे कौम को भुगतना पड़ता है। धिक्कार है तुम पर, बीतते हुए महीने केवल सं या नहीं थे, अपने सत्य और विश्वास को साबित करने की स्मृति थे। हर दिन एक नई जंग होती थी। उनके परिवार के सामने।

एका-एक जैसे अँधेरे से जाग गयी कनीज़। आँसू पोंछते हुए उठ खड़ी हुई, इतनी भी बेचारगी क्या कि अपने भूत पर पुनर्विचार न कर सकी। उसने मन को टटोला, खंगाला, उनमे भीगी हुयी, उनसे निकली और आगे बढ़ी, तभी याद आया उस दिन घर पर वो युवक आया था, जो अपने को आयत का आशना बता रहा था। कैसी बेपरवाह माँ है, जिसने अपनी बेटी के बारे में जानने की कोशिश भी नहीं की। वह कहाँ जाती थी? किससे मिलती थी? क्या करती थी? भले वह लाचार दुनियादारी कुछ नहीं जानती थी पर अपनी बेटी को तो अच्छे से जानती थी। आयत...! इस एक नाम से धर्म का ऐसा कोलाहल उठा कि इंसानियत आषाढ़ के काले बादलों में घुस कर बैठ गई, हर कोई अपने धर्म का रक्षक बन बैठा, जो भी भीड़ जुटा लेता वह धर्म का रक्षक बन जाता। ऐसे में सत्य की खोज कौन करता और

क्यों... ? दुखों की धूसल परछाइयाँ उसका पीछा नहीं छोड़ रही थी, पर कनीज़ ने उनसे सामंजस्य स्थापित कर लिया था।

साँझ बीतने को थी और रात शनै-शनै चढ़ने को थी, पर वह सड़क पर मध्यम र तार में चली जा रही थी। कई दिनों की भागदौड़ के बाद आज उस युवक का पता मिला था, जो उस दिन घर पर आयत के बारे में कुछ जानकारी देने आया था। खस्ता हाल बस घरघरा कर रुक गई, रहम दिल ड्राइवर ने उसको अगाह किया, अ मा आपकी मंजिल आ गई और रोबोट की तरह उस बस से उतरकर कच्ची सड़क पर मरी-मरी पीली लाइट की रोशनी में आगे बढ़ने लगी। हवा से भिखरे हुए बाल, चेहरे पर धूल चढ़ी हुई, घिसी हुई चप्पलों पर पसीनो से उभरे मिटटी भरे पैरों के दाग और धूसर भरे चेहरे को अपने दुपट्टे के छोर से मुँह को पोंछते हुए और आँखों को मिचमिचाते हुए इधर उधर देखती है। न जाने आसमान को देखती हुयी क्या सोंचती है, कुछ एक पल ठहरती है और फिर आगे बढ़ जाती है। उठते गिरते हौसले को सँभालते, वो कुछ दूरी पर बने चाय-सुट्टा बार में पहुँची, जहाँ कुछ युवक हँसी ठिठोली कर रहे थे। हमेशा इस तरह बैठे युवकों को देखकर जो कयास लगाए जाते थे वह बेहद डरावने होते हैं। उसने सोचा क्यों नहीं पूछा जाए उस युवक के बारे में, एक काविश तो बनता है। तभी बढ़ते कदम ठिठक गए। वह युवक सामने आता दिखाई पड़ा। शायद यह उसी की दुकान थी।

''अरे... ! आप इधर कैसे... ?'' बड़े ही नवाजिश से वो बोला।

''आइए वो सामने मेरा कमरा है, आप अंदर चलेंगी या यहीं बैठना चाहेंगी ? ये मेरी ही दुकान है।''

कनीज़ बेपरवाह होकर बोली...,

''मैं रिश्ता लेकर नहीं आई हूँ, तुम मेरे घर आए थे, अचानक वहाँ से चले आए। क्या जानते हो मेरी बेटी के बारे में... ?''

''मुझे वह सब बताओ, तुम क्या करते हो इससे मुझे कोई लेना देना नहीं।''

अबकी बार लहजा कुछ स त था। उस युवक ने पास पड़ी कुर्सी खिसकाई और बोला बैठिये, मैं आपको सब बताता हूँ। क्षितिज पर बिखरे तारों को तकते हुए बोलना शुरू किया तो पास ही खड़े हरे-भरे पीपल के पत्ते भी धीरे धीरे पीले पड़ने लगे। उनसे टपकती ओस की बूंदे ऐसे प्रतीत हो रहीं थीं मानो उनसे खुरच खुरच कर उनके आँसू बह निकले हों... ।

आयत अकील सर के आफिस में उनके लेटर टाइप करती थी और मैं उनके ऑफिस के बाहर के काम देखता, जैसे कि उनका खाना लाना, उन्हें कहीं टूर पर जाना हो तो सारी तैय्यारी करना, यूँ कह लो कि मैं उनका ड्राइवर और पीए दोनों ही हूँ, इसलिए अक्सर आयत हमारे साथ आया जाया करती थी। उनकी कई कंपनी है,

मीटिंग वगैरह होती रहती। अक्सर आयत मेरे साथ लिफ़ाफ़ा लेकर जाती और हम बताई जगह पर दे आते थे। अंदर की बात बताऊँ, सारी गड़बड़ उस लिफाफे में थी। एक बार आयत को कुछ शक हुआ तो उसने लिफाफा ले जाने से इंकार कर दिया। तब अकील सर ने दुगने पैसे ऑफर किये, आयत से बोले ये भरोसे का काम है, मैं तु हारे अलावा और किसी पर भरोसा नहीं कर सकता। तुम चाहो तो तु हें मैं डबल पैसा दे सकता हूँ। आयत ने जब मना करना चाहा तब थोड़ी धमकी भरे लहजे में कहा था,

"काम नहीं करोगी तो अपने परिवार को कैसे पलोगी।"

खैर...एक दिन उसे ये मौका मिल जाता है कि वो जान सके कि लिफाफे का खेल क्या है? तभी एक दिन अकील सर उसको जल्दी में लिफाफा पकड़ा कर चले गए। शायद कोई बेहद जरूरी काम होगा। क्योंकि उस दिन वो लिफ़ाफ़े को चिपकाना भूल जाते हैं। आयत जब खुला लिफाफा देखती है तो खुद को खोलकर देखने से नही रोक पाती। कांपते हाथो से लिफाफा खोलती है, देखती है उसमे सरकारी कागज जैसे कुछ पेपर थे और साथ में लाल हरे दो नोटों के बण्डल। ज्यादा तो नहीं समझ पाती लेकिन इतना समझ जाती है कि ये उनकी काली कमाई को सफ़ेद करने का कोई फोर्मुला है। उसे कुछ राहत नसीब होती है, जिस डर की आशंका थी वो पूरी तरह खारिज हो गया था। वो सुकून की साँस लेती है, लिफ़ाफ़े कों चिपकाती है और चल देती है।

आयत ने अपने सवालों को भरोसे कि अलगनी पर टांग कर नया काम तलाशना शुरू किया। उस दिन भी हम दोनों हमेशा की तरह लिफाफा देकर जब लौट रहे थे, तो एक अजीब वाक्या हुआ। सहसा हमारी नजर पास खड़े चार आदमियों पर गयी। उनमें से तीन आदमी तो भले लग रहे थे, चौथा आदमी अर्ध विक्षिप्त अवस्था में था, बेहद गंदगी से भरा हुआ था। वह उन तीनों आदमियों पर बार बार छड़ी से प्रहार करने की कोशिश करता। वह अपने को बचाते हुए पकड़ने की कोशिश करते। अंत में काफी मशक्कत के बाद वह उसे पकड़ने में कामयाब हो गए। उसे थोड़ी दूर बने सेवा आश्रम मे ले गए। पास लगे पोस्टर को देखकर सहसा आयत चौंक गयी, अरे ये तो वही गुप्ता जी हैं, जिनके पास अकील सर का लिफ़ाफ़ा लेकर एक दो बार आयी हूँ। तभी सामने से गुप्ता जी आ गए। आयत के परिचय देते ही उसे अपने आफिस ले गए। वहाँ उसकी पूरी आव भगत की, फिर बोले आओ बेटा मै तु हे अपना आश्रम घुमा दूँ। एक कार्य सेवक को आवाज दी। इन लोगों को सेवा धाम घुमा दो, हम दोनो अर्चा भत थे। एक बड़े से अहाते में बना ये सेवा धाम अपने में अनोखा था। एक अहाते में सारे विक्षिप्त आदमी थे और दूसरे अहाते केवल विक्षिप्त औरतें। स्त्री हो या पुरुष इनके रहने खाने सोने पहनने के साथ-साथ इनकी

दवाइयों की भी पूरी व्यवस्था थी। हर रोज तीन सौ लोगों की दवाइयाँ उनकी प्लेट पर रख कर खिलाना अपने आप में असंभव जैसा था, पर यहाँ ये संभव था। ये लोग बेहद प्यार से टाइम पर दवाएँ और खाना देते थे। जब हम महिलाओं वाला अहाता घूम रहे थे तभी हमने वहाँ की देखभाल करने वाली एक मोटी महिला को चिल्लाते हुए सुना। आज फिर रोटी वाली नही आयी। अब इनके ठूँसने का इंतजाम कौन करेगा। वो एक तेज़ तर्रार रौब दार महिला थी। महिलाओं के अहाते में पुरुषों का आना निषेध था इसलिए सारी महिलाओं के सुरक्षा की जि मेदारी शायद उस महिला पर थी। हम वहाँ से गुजरे तो बेहद ...! कहुफ़ भरी निगाहों से हमे घूरा...। आयत के कदम रसोई के दरवाजे पर ठिठक गए। उसके चेहरे पर डर के सायें में खुशी की चमक साफ़ देखी जा सकती थी। लगता है उसने अभी अभी भविष्य का कोई ऐसा निर्णय लिया है जो जीवन की कठिनाइयों को सुगमता में तब्दील कर देगा। वो तेज़ तेज़ कदमों से गुप्ता अंकल के आफिस गयी और बिना कोई भूमिका बनाये बोली,

"अंकल मैं आप के यहाँ रोटी बनाने का कम कर सकती हूँ?"

अभी पता चला कि आपके यहाँ तीन रोटी बनाने वाली चाहिए। मैं तीन औरतों का काम अकेले कर दूँगी, पर मेहनताना तीन का लूँगी। सारा कुछ एक साँस में बोलकर खाली हो गयी, लेकिन तुम तो पहले ही व्यस्त हो। बीच में टोकती आयत बोली, मैं आफिस से पाँच बजे फ्री हो जाती हूँ, इसके बाद मैं आपके पास आकर रोटियाँ बना दूँगी। वो रोटियों की गिनती में अपने भविष्य के सुन्दर सपने सजोने लगी। खैर और उसे आता भी क्या था, इन रोटियों के सिवा। खुश हो गयी, चलो अब घर के कुछ हालत तो ठीक होंगे।

वो कुछ देर रुका और फिर ल बी साँस भरते हुए आगे बोला...

इसके बाद ही शायद शुरू हो गया आयत का आपसे झूठ बोलने का सफ़र, इस काम में सुख था पैसा था पर सुख के ठीक पीछे शंका छिपी रहती थी और वो शंकाओं से घिरी रहती। उसकी चिंता का कारण था ज्यादा आकर्षक और स मोहक होना। वह अपने शरीर के साथ कुछ ज्यादा ही जुड़ी हुई थी। इसलिए वह हमेशा उसके बारे में ज्यादा चिंतित रहती थी। आयत अप्रिय माहोल में बेहद थका देने वाला काम करती थी। उसे हर रोज द तर में देर तक काम करना पड़ता था। इसके बाद वो सेवाधाम में खाना बनाने जाती थी। जितना वो काम से थकी होती थी उससे ज्यादा वो वहाँ की देखभाल करने वाली राबिया की चुभती भेदती निगाहों से परेशान थी। उनकी आँखों में सैकड़ों साँप फन फैलाये बैठे रहते। उसकी आँखों के लाल लाल डोरे कुछ और ही जहर बयाँ कर रहे होते। उसके पास आते ही राबिया की साँसे धौकनी की तरह चलने लगती। जब वो उसके हाथों को धीरे से स्पर्श करती तो उसको सैंकड़ों बिच्छू एक साथ शरीर पर रेंग रहे प्रतीत होते और जबान कसैलेपन से

भर जाती, मन उबकाइयाँ लेने लगता। राबिया तरह तरह से उसको प्रलोभन देती, कभी प्यार से तो कभी डरा धमकाकर, कभी काम से हटाने की धमकी देती, कभी तो कुछ इस तरह मनाती जिसकी उसने कभी कल्पना भी न की हो, और तो और मज़मून ऐसा हृदयविदारक होता अगर लड़का होती तो अवश्य पिघल जाती। एक दो महीने में ही आयत बुरी तरह हताश और पराजित हो गयी।

इसी बीच नागरिकता संशोधन कानून आता है और राबिया की मुश्किलें शुरू हो जातीं हैं। और वो आन्दोलन में हिस्सा लेने पहुँच जाती है। उसका कहना था हमारे बाप दादाओं के पास सरहद चुनने का मौक़ा था, उन्होंने इस पाक ज़मीन को सर माथे लगाया तब से ये ज़मीं हमारी है और यहाँ रहने के लिए हमे किसी कानूनी पहचान की जरूरत नहीं है, यहाँ की मिटटी में हमारे बाप दादाओं का भी लहू शामिल है। नागरिकता संशोधन कानून के आने के बाद से राबिया के व्यवहार में परिवर्तन आ गया था, अब वो आयत को परेशान न करती बल्कि सभी से यही एक बात कहती फिरती, जब बँटवारा हुआ था, तब उसकी दादी अपने परिवार के साथ नहीं गयीं क्योंकि वो अपने पड़ोस में रह रहे हिन्दू लड़के से प्यार करती थीं, उन्हें उनका प्यार तो मिला पर ज़िन्दगी में दोबारा अपने सगे स बन्धियों से कभी नही मिल पायीं। हम रोज कमाने खाने वाले हैं, हमारे बाप दादाओं ने हमारे लिए कोई खजाने तो नहीं गाड़ रखे थे। अब इतने सालों बाद अपने होने का सबूत देते फिरें। आयत उन्हें यूँ परेशान देखती उनके लिए उसे दुःख होता।

बातों की लय तोड़ती हुई कनीज़ बोली,

"तुम जो कह रहे हो वो कितना सच है, जब उसने मुझे कुछ नही बताया और न ही आफिस में कोई कुछ जानता है तो तुम इतना सब कैसे जानते हो?"

उस युवक के चहरे पर गहरी हताशा आ गयी। शब्द कहीं गहरे से उलच कर निकले। जानते सभी लोग हैं पर वो ये भी जानते हैं कि यदि आयत के बारे में कुछ भी सच्चाई बयाँ करेंगे तो वो सब उलझ जायेंगे। मैं उसके दोस्त से कुछ ज्यादा बनना चाहता था। उसकी हर तकलीफ में अपना हिस्सा चाहता था, लेकिन उसे तो सिर्फ़ अपनी जि मेदारियों से प्यार था। मैंने उसे कई मर्तबा आफिस के बाद शाम को चेहरे पर दुपट्टा लपेटे अँधियारी गलियों में तेज़ तेज़ चलते आते जाते देखा है। उसके चेहरे पर डर का साया बहुत करीब से देखा है।

वो फिर से कहानी सुनाने लगा। सामने लगे बड़े से पीपल को घूरता हुआ, कहीं गहरे कुएँ से आती घुटी-घुटी आवाज़ में कनीज़ की आँखों में कोहेरे में लिपटी स्मृति की चादर पर उन दिनों के दृश्य उभरने लगे।

जब अक्टूबर ठिठुरता सिहरता पहुँचा ही था, शाम होते ही रात के जुगनू दिनमान समान चमकने लगते थे। जमीन कचनार के गुलाबी फूलों से भर जाती, तो

कर आया था। अभी-अभी कुछ बहुत ही भारी सा बोझ, कोई एक बड़ी सी चट्टान जो सीने पर रखी थी, वह उसे पिछले महीनों से ढोए फिर रहा था, बस थोड़ी देर से सही..., मगर एक स्नेह की छाया में अपनी उखड़ी साँसों के निकट एक ठंडी बयार महसूस कर रहा था।

"अल्लाह तु हे खूब खुशियों से नवाजे,"

मैं इतने महीनों से भटक रही थी। मेरी बेटी दंगाई नहीं हो सकती। वह कुछ भी कर सकती थी पर अपने देश से गद्दारी नहीं। अब मैं सबको बता सकूँगी मेरी बेटी क्या करती थी। कहाँ जाती थी। आज उनके हर सवालों का जवाब मेरे पास है। मुझे उसके बारे में सब मालूम है। मेरी बेटी को इन्साफ मिलेगा। पलकों की कोर से आँसू छलक आए। नवंबर की सिहरती रात में थोड़ी सी सुकून भरी तपिश नवाजती हुयी घुटन भरी चंद खामोश टीसों के साथ अँधेरें के तिरोहण और प्रकाश के आरोहण का आरंभ हो गया था...। महीनों से चेहरे पर छाई मुर्दानगी पर आस की ललक जग गयी।

कनीज़ ने आगे बढ़कर उसके सर पर दुआओं भरा हाथ रखा। दिन बुरे हैं जिंदगी नहीं.., और उसके कदम पुलिस स्टेशन की ओर बढ़ गए...।

❑❑❑

कहीं लाल भूरे पीले पत्तों से भर जाती। यह धरती का अपने तरीके का जश्न होता। आयत के इंतजार में वो घंटो बैठी रहती थी। उन दिनों अक्सर वह खाना खाने से मना कर देती थी। बेटी के चेहरे पर अजीब सी खामोशी पसरी होती थी। हर बीतता ल हा घातक था, ये वह जानती थी। फिलहाल उसे लग रहा था, वह कोई बुरा स्वप्न देख रही हो।

एक तरफ कोरोना वायरस जैसी महामारी दस्तक दे रही थी दूसरी तरफ बारह राज्य एन आर सी से इनकार कर चुके थे। प्रदर्शनकारी महिलाओं का आन्दोलन ख़त्म होने वाला था। नसरीन बाग़ की बूढ़ी-दादियों में शामिल राबिया भी लगातार धरने पर बैठी थीं। अब वो उन सब की मुखिया बन चुकी थी। उन्हें कुछ पैसों की जरूरत थी। उन्होंने सेवा धाम के मैनेजर से कुछ पैसे आयत द्वारा भेजवाने को कहा। आयत इन सब परेशानियों से दूर रहना चाहती थी लेकिन मेनेजर के दबाव के कारण उसे जाना पड़ा। आयत कुछ जरूरी कागजात और पैसा लेकर जा रही थी और रास्ते में मैं मिल गया। हम दोनों साथ साथ नसरीन बाग़ के लिए निकले तभी सा प्रदायिक रंग देते हुए दंगे भड़क गए। चारो तरफ हाहाकार मच गया। सारा शहर आग की लपटों में घिर गया। दंगो की वजह से कड़ी पूँछताँछ शुरू हो गयी। हम गेट से थोड़ी ही दूर पर थे उन्होंने मुझसे पहले मेरा नाम पूँछा, फिर आयत का। उसका नाम सुनते ही उससे उसका पहचान पत्र माँगा जो उसके पास नही था। वो उनके सवालों के बौछार से घबरा गयी और डर कर भागने लगी। मैं समझाने की पहल कर पाता तभी गोली की आवाज आती है।

मै आगे बढ़ गया था नही जानता था कि ये मौक़ा मुझे अब कभी हासिल होगा। एक आह भरते हुए बोला। उसकी इस हड़बड़ी को कुछ और ही समझा गया। बारूद की गंध ने उसे ढक लिया। साथ ही डूबती जा रही थी मेरी अनुभूति। तभी इन शोर-शराबों में एक क्षीण सी आवाज मेरे कानों में गूँजी।

''अमर प्लीज सेव मी...।'' मैंने पीछे पलट कर देखा।

एक दबी दबी सी आवाज सुनाई दी आयत की। उसके रगों से टपकते खून, अंगारों में परिवर्तित हो गए। तभी एक और आवाज मेरे कानों में गूँजी,

''मर काफिर...!''

इतना सोचना क्या...? नाम ही देखो

''आयत''

एक साथ कई शब्दों ने सिर्फ़ आकार न लिया, उसमें रूह और जान बस गई। आयत नाम ही काफी था काफिर कहलवाने के लिए। शब्दों में बसी रूहों ने विकराल रूप ले लिया। मैं डरपोक था, अपनी जान बचाकर भाग निकला।

रात अपने पूरे शबाब पर थी। वह जोर-जोर से हाँफ रहा था, जैसे मीलों दौड़